LA AMANTE EQUIVOCADA

TESSA RADLEY

WITHDRAWN

Editado por HARLEQUIN IBÉRICA, S.A.
Núñez de Balboa, 56
28001 Madrid

© 2008 Tessa Radley
© 2014 Harlequin Ibérica, S.A.
La amante equivocada, n.º 1974 - 16.4.14
Título original: Mistaken Mistress
Publicada originalmente por Silhouette® Books.

I.S.B.N.: 978-84-687-4193-2
Depósito legal: M-792-2014
Editor responsable: Luis Pugni
Fotomecánica: M.T. Color & Diseño, S.L. Las Rozas (Madrid)
Impresión en Black print CPI (Barcelona)
Fecha impresion para Argentina: 13.10.14
Distribuidor exclusivo para España: LOGISTA
Distribuidor para México: CODIPLYRSA
Distribuidores para Argentina: interior, BERTRAN, S.A.C. Vélez
Sársfield, 1950. Cap. Fed./ Buenos Aires y Gran Buenos Aires,
VACCARO SÁNCHEZ y Cía, S.A.

Capítulo Uno

El baile de máscaras que se celebraba cada año en Saxon's Folly estaba en pleno apogeo cuando Alyssa Blake llegó al camino de entrada.

–Camina derecha –susurró mientras avanzaba entre los Mercedes y Daimler que estaban aparcados–. Que parezca que perteneces a este lugar.

La bodega estaba iluminada y contrastaba con la oscuridad. Estaba ubicada en un edificio victoriano de tres plantas que había sobrevivido a más de un siglo de incendios, inundaciones e incluso al terremoto Hawkes Bay. A medida que se acercaba podía oír la música más alta, pero todavía no podía ver a los invitados.

En lo alto de la escalera de piedra, un hombre vestido de uniforme bloqueaba la puerta doble de madera. Alyssa se detuvo.

¿Era un mayordomo o un guarda de seguridad?

Notó que se le aceleraba el corazón y dudó un instante.

–He perdido mi invitación –practicó la excusa que tenía preparada. Sonaba muy falsa, sobre todo porque nunca había recibido ninguna de las invitaciones azules con repujado en plata que tanto deseaba. Si el guarda se tomaba la molestia de comprobar si estaba invitada, no la encontraría en la lista de invitados.

¿Qué era lo peor que podía suceder? ¿Que el portero, guarda o lo que fuera, no pudiera localizarla en la lista y le pidiera la documentación? Nadie sospecharía de que Alyssa Blake, la destacada escritora de la revista *Wine Watch*, estaba tratando de colarse en el baile de máscaras de Saxon's Folly. O al menos, solo sospecharían aquellos que supieran que Joshua Saxon, el director ejecutivo de Saxon's Folly Wines, odiaba a Alyssa por el artículo que había escrito hacía un par de años.

Existía la posibilidad de que el guarda la dejara entrar sin problema. Llevaba un vestido largo de color rojo y una máscara negra decorada con plumas y lentejuelas, y con ese atuendo era difícil que sospechara de sus intenciones.

Estaba decidida a intentarlo, pero en ese momento se abrió una puerta lateral y salió una pareja riéndose. Antes de que la puerta se cerrara de nuevo, Alyssa se coló en la casa. En el enorme recibidor había unas escaleras y subió al piso de arriba. Una vez allí, se adentró en el mundo de la alta sociedad, donde las mujeres vestían ropa de diseño y revoloteaban como mariposas entre los brazos de hombres vestidos de traje y corbata.

Miró alrededor, intentando encontrar en la sala al hombre por el que se había colado en el baile.

—¿Acaba de llegar?

Ella se fijó en el brillo de los ojos oscuros, que se ocultaban tras una máscara negra.

—Llego un poco tarde —contestó con nerviosismo.

—Más vale tarde que nunca.

—Nunca digas nunca —dijo ella, advirtiéndole con el dedo.

Él se rio.

—Eres una mujer con opiniones muy firmes.

—Y estoy orgullosa de ello.

Su voz le resultaba familiar y era tremendamente sexy. Era un hombre alto, de anchas espaldas y cabello oscuro. A pesar de la máscara, sospechaba que era muy atractivo.

—Baile conmigo —él estiró el brazo con decisión.

Era evidente que aquel hombre no aceptaría un no por respuesta.

—¿Deduzco que su silencio significa que acepta?

Antes de que pudiera contestar, él la rodeó por los hombros y la guio hasta la pista de baile. Ella comenzó a quejarse. No estaba allí para celebrar el crecimiento de las viñas, sino que había ido con un propósito… Y no era el de bailar con aquel hombre sexy y arrogante, pero desconocido. Tampoco quería montar un numerito y que todo el mundo se fijara en ella.

Si Joshua Saxon descubría su presencia la echaría de allí antes de que ella pudiera explicarle los motivos por los que había ido. Lo mejor era que aceptara la invitación y se mezclara entre la multitud para continuar la búsqueda desde la pista de baile.

Permitió que la tomara entre los brazos y que la

guiara entre la gente que estaba bailando. Las miradas codiciosas que le dedicaba su pareja hicieron que se planteara si aceptar la invitación había sido buena idea. Lo miró, tratando de imaginar lo que otras mujeres veían en él: una espalda ancha cubierta por un bonito traje y un mentón prominente. Ella lo miró a los ojos a través de la máscara.

–¿Te conozco? –preguntó él.

Ella se quedó pensativa. Si él era miembro de la sociedad vinícola era posible que se hubiesen conocido en alguna cata. También era posible que la hubiera visto alguna de las veces que había aparecido en la televisión, o que hubiera leído la columna que escribía en el periódico *The Aucklander* o los artículos que escribía en *Wine Watch*, pero eso no significaba que la conociera.

Ella negó con la cabeza.

–Bueno, disfrutaré al verte la cara cuando nos desenmascaremos a media noche… Es la tradición. ¿Cómo te llamas, mujer silenciosa?

Alyssa dudó un instante al ver que él esbozaba una sonrisa.

–Alice –dijo al fin, empleando el nombre que aparecía en su partida de nacimiento y no el que se había inventado en la adolescencia.

–¿Alice? –sonrió–. ¿Te sientes como si hubieras atravesado el espejo, Alice?

«Si supiera», pensó ella.

–Un poco –confesó en voz baja.

–¿Eso significa que es el primer baile de máscaras al que asistes?

–Sí.

–Eso explica por qué no llevas disfraz.

Ella se fijó en la chaqueta de su traje.

–Tú tampoco llevas disfraz.

Él negó con la cabeza.

–Este año no he tenido tiempo de planearlo –comentó–. A la mayoría de las mujeres les encanta disfrazarse.

–Yo no soy como la mayoría.

Él soltó una risita.

–Todavía tengo más ganas de conocerte cara a cara esta media noche. No te gusta disfrazarte, pero ¿has venido a buscar a tu príncipe encantado, como el resto de cenicientas? –preguntó señalando a las mujeres de alrededor.

–Desde luego que no he venido en busca de un príncipe encantado –se estremeció. Sí que había ido allí buscando a alguien.

–No eres muy conversadora –dijo él, con curiosidad.

–No estoy acostumbrada a toda esta gente.

–Pareces una chica moderna, no alguien que se pone nerviosa cuando hay gente a su alrededor.

Alyssa se fijó en el escote de su vestido color rojo. Debía tener cuidado… Él parecía un hombre astuto. Se le aceleró el corazón. No podía permitirse que la echaran de allí.

–Quizá se deba a tanta excitación. La música, la gente… Un hombre atractivo y enmascarado… –su tono de voz era más dulce que el caramelo. Lo miró y vio que él sonreía después de oír el halago.

–Mientras no estés nerviosa, Alice –susurró él–. Eso no está permitido.

Alyssa se estremeció al sentir su cálida respiración en la oreja y notó que una ola de excitación se apoderaba de ella.

–Estás nerviosa. Tiemblas.

Alyssa no podía recordar cuándo había sido la última vez que un extraño había tenido ese efecto sobre ella. Era más seguro que no dijera nada.

–Eres la mujer más silenciosa que he conocido nunca –comentó él, y la estrechó contra su cuerpo para evitar que otra pareja chocara con ellos.

–No siempre –no cuando no estaba pendiente de cada palabra para no meter la pata. Aquel hombre parecía demasiado seguro de sí mismo y ella no estaba en condiciones de manejarlo.

Esa noche no.

Al ver a un hombre pelirrojo volvió la cabeza y regresó de golpe a la realidad.

¡Roland! No era posible confundirlo. El cabello pelirrojo lo delataba. Estaba bailando con una mujer de cabello oscuro. Los siguió con la mirada y vio que Roland le decía algo a su compañera de baile.

Alyssa había leído que la mujer se llamaba Amy y que era la prometida de Roland. De pronto, ambos dejaron de bailar y se marcharon de la pista.

A Alyssa le entró el pánico. No podía perderlo de vista. No, cuando lo había tenido tan cerca.

–Estoy sedienta. Necesito algo de beber –dijo ella, y se separó de su pareja de baile.

–¿Qué te apetece?

–Ya encontraré algo –dijo Alyssa, al ver que él tenía intención de acompañarla.

No quería que nadie estuviera presente cuando hablara con Roland. Tenía que decirle algo privado y demasiado importante.

–No te preocupes por mí. Estoy segura de que tendrás que ver a otras mujeres, y bailar con ellas.

No le faltarían compañeras de baile. Se movía con la elegancia de un hombre consciente de su atractivo y poderío.

–Ninguna será tan interesante como tú, Alice. ¿Qué quieres beber? Una copa de Saxon's Folly Sauvignon Blanc? Puedo recomendarte la producción de la última cosecha.

Quizá si le permitía que le consiguiera una copa podría librarse de él.

–Agua, por favor.

Él llamó a un camarero para que se acercara.

–¿Solo quieres agua? –preguntó, y al ver que asentía se volvió hacia el camarero–. Dos botellas de Perrier.

Alyssa hizo un esfuerzo para no buscar a Roland, pero tenía miedo de perderlo si no lo localizaba.

–Tengo que ir al baño. Regresaré enseguida –se adentró entre la multitud.

Miró hacia atrás y vio que dos mujeres habían detenido al hombre alto con el que había bailado y que le besaban con entusiasmo en las mejillas. Él parecía nervioso, pero no la siguió.

Alyssa continuó avanzando en busca del hombre con el que quería hablar.

Sin embargo, Roland y su prometida habían desaparecido.

Alyssa salió a la terraza y se asomó a la barandilla. Abajo en el jardín había dos parejas, pero ninguno de los hombres era pelirrojo. Con el corazón acelerado, atravesó la terraza y bajó por unas escaleras estrechas para entrar de nuevo a la casa por una puerta lateral.

Levantándose la falda del vestido para caminar más deprisa, miró en todas las habitaciones por las que pasaba. Ni rastro de Roland. Debía de haber llevado a su prometida al piso de arriba. Al ver que había una escalera que parecía que llevaba a otra ala de la casa, Alyssa dudó un instante. Los dormitorios debían de estar allí arriba. ¿Y si los interrumpía en un momento íntimo?

Se mordió el labio inferior. Había llegado hasta allí y no podía echarse atrás. Respiró hondo y se dirigió a las escaleras.

De pronto, se abrió una puerta de golpe y salió Amy con el cabello alborotado. Al instante salió Roland con un parche de pirata en la mano.

—Amy, escúchame…

—¿Roland? —Alyssa se acercó a él y le tocó el brazo—. ¿Roland Saxon?

Sabía exactamente quién era pero no pudo evitar pronunciar el nombre que llevaba grabado en la memoria desde hacía años.

Él la miró con impaciencia.

–¿Sí?

–Soy… –se quedó en blanco. Todo lo que había planeado que iba a decirle se le borró de la memoria. ¿Debía decirle que era Alice McKay? Él no había contestado a ninguna de sus cartas. Tampoco a sus mensajes de correo electrónico. Entonces, ¿por qué iba a atenderla en esos momentos?

Él miró hacia las escaleras por las que se había marchado Amy, en dirección al salón de baile.

Preocupada por si se marchaba también, Alyssa le tendió la mano y dijo:

–Soy Alyssa Blake. Yo…

Él la miró asombrado.

–La periodista que escribió el artículo que calumniaba a Saxon's Folly. Sí, sé quién eres. ¿Qué está haciendo aquí? –le dio la mano.

Alyssa estaba temblando. Roland la había tocado. Tenía la piel cálida y tersa. Por fin lo había conocido.

Tratando de recobrar la compostura, dijo:

–Me gustaría entrevistarle para escribir un artículo en la revista *Wine Watch*.

–¿Y cuál será el tema central del artículo?

–Estoy escribiendo sobre cómo se han creado algunas de las marcas más fuertes de la industria. Y como director de márketing de Saxon's Folly Wines, me gustaría que hiciera algunos comentarios.

–Señorita Blake, en el pasado no le dedicó muchos elogios a Saxon's Folly.

–Quizá haya cambiado de opinión.

–No sé…

–Por favor –suplicó–. Será un artículo positivo. Lo prometo.

–¿Y por qué debería creerla? Joshua pensó que iba a hacer un artículo sobre el viñedo. Sin embargo, arremetió contra sus métodos de gestión.

–Joshua Saxon se lo merecía. Es el hombre menos comunicativo que he entrevistado nunca –el hombre se había negado a recibirla en persona y le había dedicado diez minutos exactos de su tiempo para mantener una conversación telefónica. En todo momento, su tono de voz dejaba claro que le estaba haciendo un favor. Un ayudante joven, que llevaba menos de una semana en el trabajo, le había mostrado la bodega. Alyssa le preguntó acerca de su trabajo y descubrió que habían despedido al ayudante bajo circunstancias poco claras. Después de hacer un par de llamadas al antiguo empleado, ella escribió un artículo diferente al que tenía pensado–. Los hechos me llevaron a escribirlo.

–Joshua no pensaba lo mismo.

–Hice mi trabajo.

Él la miró de arriba abajo.

–Vaya trabajo.

–Cuento lo que el público debe saber. Mire, esto no nos lleva a ningún sitio. El artículo que estoy escribiendo ahora es diferente. Incluso podrá ver una copia antes de que lo envíe a la imprenta.

–¿Y a qué se debe ese cambio de idea? ¿Y por qué me lo pregunta aquí, en el baile? ¿Por qué no ha contactado conmigo por teléfono, o por correo electrónico, para pedirme una cita?

–Será una publicidad estupenda para usted, para Saxon's Folly.

Pero él ya había comenzado a alejarse. Era el momento de darle un ultimátum.

–¿Sí o no? –le preguntó.

–Supongo que sí.

Alyssa supo que había perdido su atención.

–¿Cuándo? Mañana estaré por la zona. ¿Nos vemos en The Grapevine? –sugirió un conocido café de la ciudad.

Él se volvió y asintió. Alyssa sintió que le daba un vuelco el corazón. ¡Por fin! Rápidamente, propuso una hora. Deseaba gritar y levantar un puño al aire. Después de todos esos años…

Sin embargo, sonrió formalmente. Ya tendría tiempo para celebrarlo al día siguiente.

Joshua Saxon tenía el ceño fruncido. La fascinación que sentía por la misteriosa mujer de rojo empezaba a convertirse en una obsesión. Él la había estado esperando con dos botellas de Perrier en la mano, pero ella no había regresado.

O no la había visto.

Se dirigió a la terraza por si ella había pasado de largo y había salido al exterior.

Nada más salir deseó no haberlo hecho. Roland se había quitado la máscara y tenía a Amy atrapada contra la barandilla. Intentaba decirle algo pero ella negaba con la cabeza, diciéndole que se iba a casa.

Joshua se fijó en que las lágrimas le rodaban por las mejillas. Roland contestaba que no se marcharía a ningún sitio.

No era asunto suyo. Ninguno de los dos se lo agradecería si interfería.

En ese momento vio algo de color rojo en el jardín de abajo y se olvidó de los problemas románticos de su hermano. Alice. Bajó corriendo por las escaleras que llevaban al jardín.

—No va a marcharse ya, ¿verdad?

Ella se volvió sorprendida.

—Iba a marcharse —la miró enojado. De pronto, le parecía muy importante saber quién era aquella mujer provocativa. Y dónde podía volver a encontrarla. Pero no podía decírselo.

—No puede irse antes de que nos quitemos las máscaras —miró su Rolex—. Solo quedan tres cuartos de hora. Después empieza la verdadera fiesta.

—Tengo que acostarme temprano.

Joshua estuvo a punto de soltar una carcajada.

—Este baile solo se celebra una vez al año. Hoy no se acostará pronto.

—Mañana tengo un gran día.

—¿Un gran día?

—En el trabajo.

—¿Un domingo?

Ella asintió.

—Algunas personas somos esclavos de nuestros jefes.

Puso una irresistible sonrisa y Joshua sonrió también. No podía imaginar a ningún jefe obli-

14

gando a trabajar a aquella mujer. Abrió una de las botellas de agua y se la entregó.

–Al menos termínese la bebida que tanto necesitaba.

Ella lo miró sorprendida.

–Uy, gracias.

–¿Quiere un vaso? –Joshua abrió la otra botella.

–No, así está bien.

–Probablemente no iría a buscárselo… no vaya a ser que desaparezca de nuevo –ladeó la cabeza y esperó a que ella respondiera contándole dónde había estado.

Sin embargo, ella dio un sorbo y dijo:

–Mmm, ¡qué buena!

La exclamación hizo que él se fijara en su boca, y en cómo apoyaba los labios en la botella para beber. Una ola de excitación sexual se apoderó de él.

–Baila conmigo –sugirió con brusquedad.

–¿Aquí?

–¿Por qué no? –Joshua se acercó a ella.

Ella no se resistió cuando él le retiró la botella de las manos y la apoyó junto a la suya en una palmera. Ni tampoco cuando él la rodeó por la cintura con un brazo y la atrajo hacia sí.

Comenzaron a bailar. Ella olía a jazmín mezclado con cananga y Joshua no pudo evitar saborear la mezcla de aromas femeninos que solo el cuerpo de una mujer segura de sí misma, de su sexualidad y de su lugar en el mundo podía desprender.

Un fuerte deseo se apoderó de él y una ola de calor lo invadió por dentro.

Al instante, ella suspiró y se relajó contra su cuerpo. Él le soltó la mano y la rodeó por los hombros. Inclinó la cabeza e inhaló el aroma de su cuello.

–Hueles de maravilla –murmuró.

–Gracias –dijo ella–. Tú también hueles muy bien –soltó una risita.

Joshua dudaba de que ella tuviera el sentido del olfato tan desarrollado como él. Aunque no tenía la misma capacidad olfativa que Heath, su hermano pequeño, también se había criado en Saxon's Folly rodeado de vino, y eso había provocado que, para él, oler fuera algo tan natural como respirar.

La olisqueó de nuevo.

–Hueles al rocío de la noche y a especias exóticas –notó que a ella se le aceleraba la respiración y la besó en el cuello–. Eres tan suave –murmuró.

–Oh –suspiró ella.

Joshua le mordisqueó el cuello con suavidad y ella arqueó el cuerpo entre sus brazos. Él le acarició la espalda desnuda y sintió que se ponía tensa. Ella no se retiró y, cuando él la besó en la boca, lo recibió con los labios separados.

Sabía a menta con un toque de limón. Joshua no pudo resistirse y la devoró.

Alyssa gimió y le acarició la espalda musculosa, provocando que un fuerte calor se instalara en su entrepierna. Después le acarició la nuca e introdujo los dedos en su cabello. Él suspiró y le acarició el labio inferior con la lengua, antes de explorar de nuevo el interior de su boca.

Alyssa se excitó enseguida y se puso tensa. Él pegó su cuerpo al de ella y se movió, rozándola con su miembro erecto. Ella se movió también y Joshua no pudo evitar desear acostarse con ella.

Durante un momento trató de luchar contra el deseo. Era demasiado pronto. Nunca se había acostado con una mujer a la que no conocía lo suficiente como para saber que seguiría gustándole por la mañana.

—Cielos —dijo con la respiración acelerada.

—Debo irme —comentó ella, pero no parecía muy convencida.

—¿Por qué? —preguntó él.

—Porque sería lo más sensato. Y yo soy muy sensata.

—¿Nunca te ha apetecido hacer algo salvaje? ¿Algo fuera de lo normal? ¿Algo que puede cambiar el resto de tu vida? —murmuró contra sus labios, consciente de que era eso lo que él estaba haciendo. Permitir que su cuerpo gobernara su cabeza, ya que marcharse con una extraña era el tipo de riesgo que él nunca correría.

—Sí, es lo que he hecho esta noche al venir aquí.

—Ven conmigo —Joshua le agarró la mano y la guio hasta la casa. Entraron por un pasillo oscuro y se pararon junto a unas escaleras que llevaban hasta su habitación

Ella se resistió.

—Shh. Confía en mí.

Ella lo siguió escaleras abajo y al pasar junto al salón que compartía con Roland bromeó:

–Supongo que quieres enseñarme algunos grabados, ¿no?

–Nada de grabados –Joshua se metió en una habitación que había a la izquierda–. Ven aquí, preciosa –ni siquiera encendió la luz antes de tomarla en brazos.

–Pero…

La besó para que dejara de hablar. Y cuando le acarició la espalda, Joshua gimió. No podía esperar más. No recordaba cuándo había sido la última vez que había deseado tanto a una mujer. Se quitó la máscara. Tiró al suelo la chaqueta de su elegante traje italiano y se desabrochó la camisa.

El roce de sus dedos sobre la piel de su torso fue mágico. Joshua tuvo que contenerse para no blasfemar de puro éxtasis. Ella le acarició los pectorales con las palmas de las manos.

Joshua se estremeció.

Él la besó en la boca y movió las caderas para demostrarle lo excitado que estaba.

Ella no se inmutó y continuó acariciándole el abdomen.

–Me estás matando –dijo él.

Ella soltó una carcajada.

Ya no aguantaba más. Joshua la llevó hasta la cama y se tumbó a su lado sobre la colcha. En la oscuridad, le sujetó el rostro con las manos y le acarició el cabello sedoso. Agarró los lazos de la máscara y los deshizo para quitársela. La besó en las mejillas, en el cuello y en el hueco que le dejaba el escote del vestido.

–Alice.

Ella se quedó muy quieta.

Él le cubrió un seno con la mano, por encima de la tela del vestido, y la oyó gemir.

–Alice, esto va a ser estupendo. Te lo prometo –le retiró el vestido con impaciencia y descubrió que no llevaba sujetador. Inclinó la cabeza para besar su piel desnuda.

–Joshua.

Una voz provocó que Joshua regresara a la realidad momentos antes de que se abriera la puerta. Rápidamente, se colocó delante de Alice para ocultarla.

–Maldita seas, Heath. ¿No sabes llamar a la puerta? –preguntó Joshua al reconocer la silueta de su hermano en la penumbra.

Capítulo Dos

De pronto, se encendió la luz de la mesilla y se iluminó la habitación. Alyssa sintió molestia en los ojos, pero no pestañeó. No podía apartar la mirada del hombre semidesnudo que estaba en la cama con ella. Sus pómulos prominentes y sus ojos negros le resultaban demasiado familiares. Alyssa había visto fotos de él y se había preguntado cómo alguien tan atractivo y masculino podía ser tan canalla y arrogante.

Joshua Saxon.

Por eso su voz le había resultado tan familiar. Se cubrió el cuerpo desnudo con la colcha y se cubrió el rostro con las manos.

–¿Qué quieres, Heath? –le preguntó Joshua a su hermano.

Alyssa miró hacia la puerta por entre los dedos. Heath Saxon. El hermano más joven. En *Wine Watch* lo habían descrito como un vinicultor al que había que vigilar. En la foto de la revista aparecía sonriendo y con la piel bronceada. Allí, en la puerta, estaba indeciso.

–Lo siento, Joshua, pero ha habido un accidente.

–¿Un accidente?

Alyssa bajó la mano y cubrió la de Joshua.

–Roland se ha hecho daño –dijo Heath–. Tenemos que ir al hospital.

Alyssa se levantó rápidamente de la cama y se recolocó el vestido.

–Roland es mi hermano –le dijo Joshua a Alyssa. Después, miró de nuevo a Heath–. ¿Qué ha pasado?

–Ha tenido un accidente de coche.

–¿Y cómo diablos…?

Heath negó con la cabeza.

–No lo sé, pero una ambulancia se los ha llevado a Amy y a él al hospital.

Joshua se puso en pie, se calzó y comenzó a abrocharse la camisa.

–¿Lo saben nuestros padres?

–Les he dicho que ha habido un accidente y que iríamos a ver qué les había pasado. Están anunciando que la fiesta ha terminado.

–Bien –Joshua se dirigió a la puerta–. Si es necesario, pueden ir al hospital más tarde.

Antes de que él desapareciera, Alyssa dijo:

–Iré contigo.

Por suerte, ambos hombres estaban más preocupados por llegar al hospital que por discutir con ella. Heath la miró con curiosidad, y después miró a Joshua arqueando las cejas. Alyssa supo que estaba sacando conclusiones equivocadas. Pensaba que era la amante de Joshua, pero ella no se molestó en aclarárselo.

Tampoco era el momento de ponerse a hablar sobre su relación con Roland… Una revelación que, probablemente, sorprendería a ambos hombres. Joshua no debía averiguar quién era ella. Alyssa no necesitaba una bola de cristal para saber que la echaría de la casa si se enterara.

No podía permitirse tal cosa. Debía averiguar si Roland estaba gravemente herido.

Una vez dentro del Range Rover de Joshua la tensión se hizo palpable. Joshua conducía en silencio, agarrando el volante con fuerza como si estuviera en una misión a vida o muerte. A su lado, Heath realizaba varias llamadas desde el teléfono móvil, tratando de recabar información del personal de urgencias.

Alyssa permaneció acurrucada en el asiento de atrás, tratando de pasar desapercibida por si alguno de los hombres cuestionaba su derecho a estar allí.

Confiaba en que Roland no tuviera lesiones graves. Sería terrible si, después de esperar tanto tiempo, no pudiera quedar con él al día siguiente.

Nada más llegar al hospital bajaron del coche y corrieron a urgencias.

Una vez dentro, el olor a antiséptico provocó que a Alyssa le entrara el miedo. Desde la distancia, oyó que la enfermera le comentaba a Joshua que Roland estaba en el quirófano y que pronto saldría alguien a informarlos. Después vio que Heath hacía algunas preguntas y le contestaban que tendrían que dejar a Roland bajo supervisión médica.

Roland regresó junto a ella con el ceño fruncido.

–¿Cómo está mi…? –Alyssa se calló de golpe. Joshua la miró sorprendido.

–¿Tu qué…?

Furiosa consigo misma por haber estado a punto de delatarse y tratando de mantener una expresión neutral, preguntó:

–¿Cómo está Roland?

El instinto le indicaba que era vital que Joshua Saxon no se enterara de lo importante que su respuesta era para ella. Él odiaba a Alyssa Blake. Si se enteraba de quién era la mujer a la que había besado, acariciado y desnudado en la oscuridad, estallaría.

–Está en el quirófano. No sabemos nada –Joshua se sentó en la silla de al lado de ella–. Por suerte, Amy solo se ha hecho algunos hematomas. El coche chocó contra un árbol.

¿Contra un árbol? La imagen de cristales rotos y hierros retorcidos le apareció en la cabeza a Alyssa. El sonido de los gritos invadió su imaginación. Se mordió el labio y se fijó en cómo el atractivo de Joshua se veía mermado por la tensión del rostro. Durante un instante sintió cierta afinidad con él.

–¿Joshua?

Él levantó la cabeza al oír una voz y el hechizo se rompió. Alyssa sintió que la soledad la invadía de nuevo, con más fuerza que antes. No había ninguna relación entre Joshua Saxon y ella, al menos ninguna que no estuviera basada en el sexo.

Heath se dirigió a ellos.

–La enfermera dice que han terminado de hacerle el reconocimiento a Amy y que no tardará en salir.

—Es un alivio que no se haya hecho daño. Podía haberse matado si es cierto que iban a la velocidad que suponen –dijo Joshua.

—¿Desde cuándo Roland ha conducido despacio? –preguntó Heath.

¿Era Roland quién conducía? Alyssa comenzó a temblar. Si él hubiese estado en el asiento del copiloto…

Recordó el momento en que había hablado con él. ¿Habría discutido con Amy? ¿Habría tenido el accidente si no hubiese estado enfadado?

—Los oí discutiendo antes de salir. Pensé en interrumpirlos, pero decidí que no era asunto mío. Estaba pensando en otra cosa –Joshua miró a Alyssa–. Un error.

Así que ella no había sido más que un error. De pronto, sintió una fuerte presión en el pecho.

—No ha sido culpa tuya –dijo Heath–. Ningún hombre habría permitido que lo interrumpieran en esa situación. Es probable que estés equivocado. Roland y Amy nunca se pelean.

—Cuando yo hablé con Roland… –dijo Alyssa.

—¿Tú hablaste con Roland? –la interrumpió Joshua–. ¿Cuándo?

—Justo antes de decidir que me marchaba.

—O sea, antes de que yo los viera en la terraza. ¿Y de qué hablaste con él?

Ella lo miró.

—Nada importante.

Joshua la miró con suspicacia, tratando de decirle que para él sí era importante. En ese momento, un médico entró en la recepción acompañando a una joven con la cara pálida.

Heath se puso en pie.

—¡Amy!

Heath y Joshua se dirigieron a ella.

—¿Son sus familiares? —preguntó el médico.

—Sí —dijo Joshua.

—No —dijo Heath al mismo tiempo.

El médico los miró, confuso.

—He de hablar con su familia. Esta noche tendrán que observarla.

—Nos ocuparemos de ello —dijo Joshua.

—La llevaré a casa ahora mismo —dijo Heath, frunciendo el ceño mientras miraba a Amy.

Alyssa puso una mueca al ver que la otra mujer tenía arañazos en el rostro. Su constitución delgada la hacía parecer delicada.

—Ha tenido mucha suerte. Solo tiene un hematoma por culpa del cinturón. No tiene rota ninguna costilla ni la clavícula. He hecho una lista de síntomas que hay que vigilar. Especialmente nos preocupa que tenga una posible conmoción cerebral o cualquier otro traumatismo. Si ven que tiene alguno de los síntomas de la lista, la traen enseguida.

Amy permaneció quieta.

—Vamos —dijo Joshua, rodeándola por los hombros—. Heath te llevará a casa.

Amy pestañeó.

–¿Dónde está Roland?

–En el quirófano –contestó Joshua.

–¿Se pondrá bien? –preguntó Amy con miedo–. Había mucha sangre y… estaba tan callado.

–Estoy seguro de que se pondrá bien –dijo Heath para tranquilizarla–. Ya conoces a Roland, siempre se recupera.

Amy no parecía tranquila.

–¿Cuándo podré verlo?

–Todavía no lo sabemos –dijo Joshua con frustración–, pero pronto lo solucionaré.

–No voy a marcharme –dijo Amy con decisión–. Al menos hasta que sepa qué es lo que pasa con Roland. Y Heath tampoco quiere marcharse.

–No seas niña, Amy –Heath parecía nervioso–. Ya has oído lo que ha dicho el médico, necesitas descanso y quedarte en observación. Ya tenemos un…

–¿Un paciente ingresado? –Amy alzó la barbilla–. No te preocupes por mí, no voy a desmayarme. Puedes observarme aquí. No me marcharé hasta que no haya visto a Roland.

Alyssa se contuvo para no felicitar a la otra mujer por enfrentarse a aquella familia de hombres controladores. Sabía exactamente cómo se sentía Amy. Ella también deseaba ver a Roland.

Joshua la miró un instante antes de centrarse en Amy de nuevo.

–¿Puedo hacer algo por ti mientras esperamos?

Amy negó con la cabeza.

–Estoy bien.

Incluso Alyssa se percató de que la otra mujer

no estaba bien. ¿Cómo podía estar bien la prometida de Roland mientras esperaba que le dieran noticias sobre el estado de su amado?

A Alyssa también se le estaba haciendo larga la espera. Solo había conocido a Roland en una ocasión. Brevemente. El hombre al que había buscado durante años…

Un mechón del cabello le cayó sobre el rostro. Ella lo miró. Era de color rojizo oscuro. Por suerte, no era tan brillante como el cabello de Roland, pero era una característica que compartía con él.

Cuando se conocieran, descubrirían que tenían más cosas en común. Después de todo, Roland era su hermano y compartían el mismo ADN.

Al oír que se abría una puerta, Alyssa levantó la cabeza. Kay y Phillip Saxon, los padres adoptivos de Roland, habían llegado.

–¿Cómo está? ¿Podemos verlo? –Kay parecía asustada, y el hombre de pelo cano que estaba a su lado parecía destrozado.

Al ver que todos se acercaban a ellos, Alyssa aprovechó la oportunidad e interceptó a una enfermera que pasaba por allí.

–Por favor, ¿podría decirme dónde está Roland Saxon?

–¿Tiene alguna relación con el paciente? –la enfermera miró la carpeta que llevaba en la mano–. ¿Es usted su novia?

Dudó un instante y decidió no mentir, simplemente intentó que la enfermera supusiera que ella era la novia de Roland.

–Me llamo Alyssa Blake. Soy…

–¿Alyssa Blake? –Joshua se había acercado por detrás sin que se diera cuenta y la miraba enojado.

–¿Es usted la novia? –la enfermera parecía confusa.

–¡No! Ella no es la novia de mi hermano –contestó Joshua entre dientes.

Alyssa sintió que le daba un vuelco el corazón al ver que él la miraba con rabia y desprecio. Aquello había terminado. Podía olvidarse de ver a Roland aquella noche.

–¿Así que eres Alyssa Blake, la periodista?

De pronto, todos se colocaron a su alrededor. Heath la miraba con frialdad. La única que permaneció sentada fue Amy, cubriéndose el rostro con las manos.

Alyssa los miró a todos, de uno en uno.

–Sí, soy Alyssa…

–Me dijiste que te llamabas Alice –la interrumpió Joshua.

–Es que…

–¿Alice? –Kay Saxon estaba pálida.

–No te preocupes, no se llama Alice. Se llama Alyssa Blake, y es la maldita periodista que…

–¿Qué más da cómo me llamo? Roland está herido –lo interrumpió Alyssa.

–¡Tienes razón! Ya he perdido suficiente tiempo con una periodista mentirosa –Joshua la fulminó con la mirada–. Mi hermano es quien importa ahora. Vamos, Heath –Joshua comenzó a alejarse y su hermano lo siguió.

Nerviosa, Alyssa salió tras ellos.

–Espera –Kay Saxon la agarró del brazo.

Alyssa se detuvo. Quizá Kay permitiera que viera a Roland si le contaba la verdad. Que Roland era su hermano. Que llevaba años soñando con encontrarlo, con conocerlo.

–¿Joshua te ha llamado Alice? –preguntó con desesperación en la mirada.

–Sí.

–Pero te has presentado como Alyssa Blake a la enfermera.

–Sí.

–¿Eso significa que eres Alice McKay?

Alyssa se quedó de piedra.

–¿Qué es lo que sabes acerca de Alice McKay?

–Contactaste con Roland.

–Sí. ¿Se lo contó? –se había preguntado muchas veces qué pensarían Phillip y Kay si se enteraran de que había intentado contactar con Roland. Al parecer, estaba a punto de descubrirlo.

Phillip se acercó a su esposa.

–Cariño, el médico saldrá enseguida para hablar con nosotros.

–Phillip… –Kay apoyó la mano en el brazo de su esposo y Alyssa vio que estaba temblando–. ¿No lo has oído? Ella es Alice McKay.

Tras un instante de sorpresa, Phillip preguntó en voz baja:

–¿Qué estás haciendo aquí?

Estaba claro que los padres de Roland sabían quién era.

–Quería conocer a mi hermano –contestó Alyssa.

Vio que Joshua reaparecía en el otro lado de la habitación y que fruncía el ceño al ver que ella estaba hablando con sus padres.

–Ahora no es el momento. Queremos que te vayas –dijo Phillip.

Alyssa se puso tensa y cerró los puños a ambos lados del cuerpo.

–Ahora es el momento perfecto para que yo esté aquí… Mi hermano está en el quirófano. Tengo derecho a quedarme.

Kay Saxon le agarró las manos.

–Comprendo cómo te sientes, pero Roland no querría que estuvieras aquí.

Alyssa sintió un nudo en la garganta y tuvo que contener las lágrimas.

–¿Qué quieres decir?

–Él nunca contestó a tus cartas, ni a tus correos electrónicos ¿verdad?

–No.

–¿Y eso no te indica algo?

–¿Que no los recibió?

–Sí los recibió. Decidió no recuperar el contacto.

–Pero soy su hermana. ¡No puede ser cierto que no quiera conocerme!

Phillip miró alrededor con el ceño fruncido.

Kay la agarró con más fuerza.

–Cariño, él es el mayor de los Saxon. Ni siquiera sus hermanos saben que es adoptado. Roland no quería que se supiera.

–¡No! –Alyssa no quería creer lo que estaba oyendo. Miró A Kay Saxon, odiándola por lo que estaba diciendo.

–Esto ya es bastante difícil para nosotros, Alice. No nos obligues a desvelar la verdad… A contar que Roland no es un Saxon.

El impacto de las palabras de Kay fue muy duro. Roland había rechazado a su hermana de sangre para que su relación no dañara el estatus que mantenía en la familia Saxon. Los ojos se le llenaron de lágrimas.

–Solo quería verlo. Sujetarle la mano.

–Sería un gesto egoísta y no lo que Roland desea –dijo Kay–. En estos momentos tenemos que pensar en Roland.

Conteniendo las lágrimas, Alyssa asintió.

–Está bien.

–Gracias –dijo Kay aliviada–. ¿Tienes teléfono móvil, Alice?

Alyssa asintió.

–Dame tu número, cariño. Te llamaré en cuanto tengamos noticias.

Alyssa sacó una tarjeta del bolso y se la entregó. Kay la guardó en su bolsillo y dijo:

–Hablemos de otra cosa, viene Joshua.

Joshua se acercó hasta donde estaban sus padres con Alyssa, o Alice…

Se había fijado en el vestido de color burdeos que llevaba y en cómo conjuntaba con el color de su cabello largo. En contraste, sus hombros desnudos parecían de color perla.

Enojado, se esforzó por contener la llama del deseo que se encendía en su interior. Acababa de recibir una llamada del equipo de cirugía para avisarle de que su hermano estaba en estado crítico, peor de lo que el equipo médico había pensado en un principio, y a él no se le ocurría otra cosa que desear a Alyssa Blake, una mentirosa consumada. Era una locura.

En cuanto llegó, Alyssa recogió su bolso y se puso en pie. Al ver que se disponía a marcharse, él la agarró de un brazo.

–¿Adónde vas?

Ella agachó la cabeza y continuó caminando.

–Me marcho.

–Espera… Necesito algunas respuestas.

Pero ella se soltó y se dirigió hacia la puerta de cristal. Joshua salió tras ella, pero se detuvo cuando Heath murmuró:

–¿Se lo has dicho a mamá y papá?

Él negó con la cabeza.

Los dos minutos siguientes fueron como una pesadilla mientras les contaba lo que el cirujano le había dicho.

–Lo que les preocupa es la hemorragia interna y el golpe de la cabeza. Roland no llevaba puesto el cinturón de seguridad y salió catapultado del vehículo. El cirujano ha dicho que no espera salir hasta dentro de unas horas.

Su madre lo miró asustada. Su padre enderezó

la espalda. Heath, su hermano valiente, estaba pálido. Joshua sabía que todos temían lo mismo, que Roland falleciera.

A través de las puertas de cristal Joshua podía ver la espalda de Alyssa Blake, con el vestido que le dejaba los hombros al descubierto. Debía de estar congelándose. Decidió no pensar en el frío que podía estar pasando.

Todo había empezado tras su llegada.

La rabia provocó que dejara a sus padres con Heath y avanzara hacia la puerta. Al abrirlas, sintió el frío de la noche en el rostro.

Alyssa ni siquiera levantó la vista.

Él respiró hondo y dijo:

—Has venido conmigo. ¿Cómo piensas marcharte?

Ella le mostró el teléfono móvil.

—He llamado a un taxi. Tengo que recoger mi coche en tu casa.

—¿No pretenderás regresar a Auckland conduciendo esta noche?

—No te preocupes, no he bebido ni una gota de alcohol —lo miró de reojo—. No, no me marcharé esta noche. Quiero estar cerca de Roland.

Joshua respiró hondo de nuevo y se controló para no reaccionar.

—Debes de estar helada. Toma mi chaqueta —dijo, tratando de permanecer calmado.

—No gracias. Estoy bien.

—Tienes la piel de gallina —le acarició la piel del brazo y ella se sobresaltó.

—No la necesito.

–Puedes devolvérmela mañana.

Ella se quedó quieta y lo miró.

–Está bien, gracias.

Joshua se quitó la chaqueta y, cuando ella se cubrió los hombros desnudos, sintió que se relajaba.

–¿Dónde vas a alojarte?

Alyssa nombró un conocido hotel de la ciudad.

–Y te marchas mañana, ¿verdad? –por un lado deseaba que se marchara y que no regresara jamás. Por otro lado, deseaba volverla a ver. Acariciarla de nuevo. Besarla otra vez.

Durante un instante pensó en hacerlo allí mismo. Sería tan fácil. Con solo tirar de ella una pizca la tendría contra su pecho. Sentiría el calor de su cuerpo contra el suyo y saborearía sus labios. El frío que lo invadía por dentro se disiparía con sus besos y sus caricias.

Y después se odiaría por haberlo hecho. Negó con la cabeza para tratar de pensar con claridad.

Quizá Alyssa Blake fuera una bruja.

–Puede que me marche mañana. Depende –Alyssa lo miró de reojo.

Joshua apenas la oyó. Al ver que tenía los ojos rojos, y la marca de las lágrimas secas en las mejillas, frunció el ceño y dijo:

–Has estado llorando.

Rápidamente, ella miró a otro lado.

–¿Por qué?

«Secretos», pensó él, y miró a través de la puerta de cristal para ver a Amy acurrucada en una silla y con cara de tristeza.

Miró a Alyssa de nuevo y frunció el ceño. A pesar de la chaqueta parecía una mujer elegante y con estilo. Preciosa. El tipo de mujer con la que Roland siempre había salido antes de comprometerse con Amy.

Y Amy y Roland habían discutido aquella tarde, aunque todo el mundo sabía que nunca discutían. Una mera sospecha pasaba a ser algo certero: Alyssa tenía una aventura romántica con Roland. Debía de haberse enfrentado a Roland durante la velada y Amy los había descubierto.

«Nada importante», había dicho Alyssa cuando Joshua le preguntó por la conversación que había mantenido con su hermano. Él se había percatado de que estaba mintiendo; la conversación había sido importante.

Y después Roland se había quedado inconsciente…

No era de extrañar que Alyssa estuviera disgustada. ¿Se sentiría responsable por haber provocado el accidente de su amante?

¿Amaba a su hermano?

Se pasó las manos por el cabello y le preguntó:

–¿Quién te ha invitado al baile esta noche? No estabas en la lista oficial de invitados, tuvieron que invitarte de manera personal.

–No estaba invitada. Me colé –contestó desafiante.

Se volvió al oír que llegaba el taxi.

–¿Por qué? ¿Qué esperabas conseguir?

Ella no contestó y comenzó a marcharse.

–Dímelo, ¡maldita sea! –la agarró por los hombros–. ¡Dímelo!

Ella negó con la cabeza.

–No tiene importancia.

¿Habría intentado que Roland rompiera su compromiso con Amy?

–Creo que sí la tiene.

Ella no contestó. Él la sujetó por las muñecas y le sacudió los brazos para que lo mirara.

Alyssa permaneció quieta. Y, curiosamente, eso lo hizo enfadar todavía más. Quería que se quejara, que tratara de liberarse, que lo mirara con furia. No le gustaba la indiferencia que mostraba su mirada.

–¿Qué buscabas en Saxon's Folly esta noche?

–Lo siento, no puedo decírtelo.

Joshua oyó que abrían la puerta del taxi.

–Señorita, ¿ha pedido un taxi?

Él miró por encima del hombro.

–La señorita no está lista para marcharse.

–Sí lo estoy –murmuró ella.

–Quiero una respuesta antes de que te marches. ¿Qué buscabas?

¿Qué había sucedido entre Roland y ella? ¿Le habría dicho Roland que se marchara de allí y por eso ella lo había besado en el jardín? ¿Para vengarse de Roland?

A Joshua no le gustaba nada la idea. Sin embargo, no encontraba las fuerzas para soltarle el brazo a Alyssa. El dolor que había en su mirada lo estaba destrozando.

Nunca había envidiado a su hermano mayor, pero en esos momentos lo hacía.

Pasara lo que pasara, si Roland sobrevivía a la larga operación que tenía por delante, Joshua no permitiría que Alyssa intentara reanudar la aventura que tenía con Roland. Trató de convencerse de que su intención no tenía nada que ver con la atracción salvaje que Alyssa le había despertado. Tenía que pensar en Amy, que iba casarse con Roland dos meses después.

Oyó que se abría la puerta detrás de él.

–¿Joshua?

Se volvió para mirar a Heath.

–¿Qué?

–Te llama mamá.

Alyssa se soltó.

–Mañana te devolveré la chaqueta.

–No me importa la maldita chaqueta –dijo él–. Esta conversación no ha terminado. Hablaremos por la mañana.

Estaba seguro de que ella no se marcharía hasta saber cómo había salido Roland de la operación. Se volvió y regresó con su hermano al interior del hospital.

Iba a ser una noche larga.

Alyssa se despertó al oír el timbre de su teléfono móvil. La habitación del hotel estaba completamente a oscuras. Alyssa se incorporó. Quizá fuera Joshua para terminar la conversación que habían iniciado en la puerta de urgencias. No estaba preparada para ello. Al ver la hora en el reloj de la mesilla, le dio un vuelco el corazón. Eran las cuatro y media de la madrugada. Demasiado temprano para ser Joshua.

Con la mano temblorosa, contestó el teléfono.

–¿Dónde te hospedas? –le preguntó Kay Saxon con nerviosismo.

El miedo provocó que a Alyssa se le acelerara el corazón mientras le daba la dirección.

–¿Roland está bien? –preguntó.

–Te mandaré un taxi. Tienes que venir ahora mismo –dijo Kay, y colgó.

Pasaba algo malo.

Alyssa se vistió enseguida y bajó a la calle a esperar el taxi.

Nada más llegar al hospital se dirigió a la recepción.

–¿Dónde puedo encontrar a Roland Saxon?

–¿Es usted Alice? –la enfermera salió de detrás del mostrador–. Acompáñeme, la llevaré hasta allí.

Alyssa siguió a la enfermera hasta una sala llena de pitidos. Nada más entrar vio a una pareja junto a la cama.

Eran Kay y Phillip Saxon.

En la cama había un hombre vendado y conectado a una mascarilla de oxígeno y a varias máquinas. Tenía el rostro tan hinchado que era irreconocible. Únicamente se sabía que era Roland por el mechón pelirrojo que asomaba entre el vendaje de su cabeza.

–Tiene cinco minutos –susurró la enfermera–. Se supone que solo puede entrar la familia, y de dos en dos. Ya he hecho una excepción en las normas –dijo antes de marcharse.

Kay Saxon la miró con los ojos llorosos.

–Me alegro de que hayas llegado.

–¿Cómo está?

–En coma. No estoy segura de si se lo han inducido en parte…

–Pero se va a poner bien –dijo Alyssa con desesperación en la voz.

Kay le agarró las manos.

–Los médicos creen que no. Por eso te he llamado. No podría perdonármelo si… –no fue capaz de terminar la frase.

–¿Creen que va a morir?

–Nos han dicho que llamemos a todos aquellos que quisieran verlo. Y que nos preparemos para lo peor.

Alyssa se arrodilló junto a la cama y estiró los brazos para tocarle las manos al hombre que yacía en ella.

Su hermano.

Kay suspiró detrás de ella, pero Alyssa lloraba tanto que apenas podía pensar.

No era así como se suponía que aquello iba a terminar. Iba a encontrarse con él ese día. Estaba deseando reunirse con su hermano, al que había buscado desde que tenía dieciocho años.

–¡Nooo! –exclamó angustiada.

Kay la abrazó y le susurró que no llorara porque

podía disgustar a Roland. Cuando Alyssa consiguió controlar las lágrimas, Kay se retiró.

–Alyssa, los chicos van a venir ahora y no quiero que te encuentren aquí. Phillip y yo no queremos vernos obligados a responder a sus preguntas. Por favor, por el bien de Roland y por el nuestro, ¿podrías marcharte?

Antes de que Alyssa pudiera contestar, la enfermera apareció en la puerta para acompañarla.

Ella deseaba suplicarle que la dejara más tiempo, pero no pudo pronunciar palabra. Al cabo de un momento, tragó saliva y dijo:

–Dadme un minuto para decirle adiós –dijo con la voz quebradiza.

Kay asintió y gesticuló para que la enfermera esperara.

Alyssa se inclinó para besar la frente del hombre que estaba en la cama. Notó que la tenía mojada y se percató de que era a causa de sus lágrimas. Cerró los ojos y rezó. Por Roland. Por ella. Para que se produjera un milagro. Entonces, lo besó y murmuró:

–*Au revoir.*

Cegada por las lágrimas, se volvió hacia la puerta.

Joshua corrió hacia el ascensor del hospital. Heath y Megan, su hermana pequeña, iban a su lado. Cuando se abrieron las puertas y salió una enfermera, Joshua vio que Alyssa salía detrás.

–¿Por qué has venido? –le preguntó antes de volverse hacia sus hermanos para decirles–: Id subiendo. Os veré arriba.

Mientras esperaba a que sus hermanos se marcharan en el ascensor, Joshua se fijó en el rostro de Alyssa. No llevaba maquillaje y tenía el cabello recogido de cualquier manera. Con los pantalones de chándal que llevaba no se parecía en nada a la mujer sofisticada que había conocido la noche anterior.

–¿Qué estás haciendo aquí?

–He venido para ver si había alguna novedad sobre el estado de Roland.

Joshua se puso tenso.

–¿Por qué estás tan afectada? ¿Qué relación tienes con Roland?

Ella negó con la cabeza y no contestó.

Joshua no pudo evitar pensar en Amy. Estaba destrozada y había tenido que tomarse un tranquilizante.

–Heath ha tenido que darle a Amy una pastilla para dormir. La ha dejado en su casa con el ama de llaves. ¿Cómo has podido, Alyssa?

Alyssa lo miró confusa.

–Roland y ella iban a casarse dentro de dos meses. Ahora todo se ha ido al infierno porque tú no has podido mantenerte alejada de Roland.

–¿Cómo? –preguntó asombrada.

Joshua frunció el ceño al ver su cara de sorpresa.

–¿Te merecía la pena contarle a Amy lo de tu relación con Roland?

–No le conté nada a Amy.

Joshua se relajó una pizca. Así que Amy no sabía que Roland y Alyssa eran amantes, pero seguramente sí había sospechado que Roland tenía una aventura con otra mujer, puesto que él lo había hecho. Había claros indicios. Las constantes visitas a Auckland y las llamadas de teléfono que solía hacer su hermano hablando en voz muy baja... Al no negar que tenía una relación clandestina con Roland, Alyssa confirmaba las sospechas que él había tenido acerca de su hermano durante meses.

–Has de saber que si Amy se entera de lo vuestro, se quedará destrozada. Y no te digo lo que sufrirían mis padres si descubrieran que Roland ha estado engañando a Amy, su ahijada. En estos momentos solo han de pensar en todo lo bueno que él ha hecho.

Alyssa lo miró estupefacta.

–Crees que... –se calló.

Joshua esperaba que ella negara que había intentado seducir a Roland. Aunque sabía que sería una mentira. Pasándose la mano por el cabello, suspiró:

–Sería mejor si te marcharas ahora y regresaras a Auckland.

–No tengo tu chaqueta aquí... Está en la habitación del hotel.

Él se encogió de hombros.

–No me importa la chaqueta. Quiero que te vayas.

–No voy a marcharme hasta que… –tragó saliva–. Hasta que todo haya terminado. Amy no tiene por qué preocuparse, no me quedaré ni un segunda más de lo necesario. Sé reconocer cuando no desean tenerme cerca.

Joshua se contuvo para no gemir. Él deseaba a la mujer que tenía delante más de lo que nunca había deseado a una mujer. Sin embargo, no conseguiría nada bueno con ella. No solo había sido la amante de su hermano, sino que también lo había difamado.

Y él no tenía intención de seguir los pasos de Roland.

Capítulo Tres

Alyssa se mordió el labio para no contar la verdad.

–¿No tienes nada que decir? –le preguntó Joshua.

–Deberías subir –dijo ella–. No querrás desaprovechar la que podría ser tu única oportunidad para despedirte de Roland porque has estado perdiendo el tiempo discutiendo conmigo –al pensar en que su hermano estaba en coma, le dio un vuelco el corazón y tuvo que contener las lágrimas.

–¿Lo quieres mucho? –preguntó Joshua.

–Sí, lo quiero mucho –Alyssa bajó la vista para que no viera la profunda tristeza que reflejaba su mirada.

–Nunca te mencionó.

Ella suspiró. Era evidente que Roland no había querido que sus hermanos se enteraran de que él no tenía la sangre de los Saxon. Y por respeto a su hermano, ella no podía contarle a Joshua la verdad, aunque estaba deseando hacerlo. No le gustaba tener que mentir.

–No nos conocíamos desde hacía mucho –dijo al fin.

Habían tenido un breve encuentro la noche anterior... Le había estrechado la mano. Y lo había tocado mientras estaba inconsciente.

Había averiguado en los archivos de la ciudad que Roland jugaba al rugby de pequeño y que de adolescente había ganado algunos premios de equitación. En un artículo de una revista de enología se comentaba que Roland había bromeado diciendo que le gustaban las mujeres rápidas y el vino bueno. Alyssa se había preguntado qué opinaría Amy de todo eso. Todo lo que sabía de él lo había ido averiguando poco a poco.

Sin embargo, Roland no la conocía para nada.

—Quizá no dijo nada porque sabía que no te habría gustado que tuviera amistad con Alyssa Blake, la despreciable periodista.

—¿Amistad? —Joshua la miró de arriba abajo.

—Sí, somos amigos. ¿Por qué no?

—Puedo aceptar que Roland no quisiera que nos enterásemos de que estaba acostándose contigo. Primero porque él sabe que yo opino que eres una periodista de pacotilla y que después del artículo que hiciste no mereces ningún respeto. Y segundo...

—¿Una periodista de pacotilla? Yo solo...

Él levantó la mano.

—Déjame terminar. Segundo, estoy seguro de que Roland no te mencionó porque no significas mucho para él, al menos no lo suficiente como para perder a Amy —la fulminó con la mirada—. Roland siempre fue un poco mujeriego, pero no voy a permitir que le haga daño a Amy.

Alyssa respiró hondo y contó hasta tres antes de decir:

–No tengo ninguna intención de hacer daño a Amy.

–Bien. Entonces, nos hemos entendido –Joshua llamó al ascensor–. No has hecho más que crearnos problemas, así que, mientras te mantengas alejada de Saxon's Folly, de mi familia y de Amy, todo estará bien.

–¡Deberías ir a ver a Roland! –dijo ella nerviosa.

Él la miró con altanería.

–Mi hermano tiene la suerte del diablo… Es un superviviente. Y cuando salga de aquí, mantente alejada de él.

–Piensa lo que quieras de mí, no me importa –dijo Alyssa, tratando de que no le afectara lo que Joshua había dicho de ella.

Joshua esperó a que se abrieran las puertas y entró en el ascensor.

–Estoy seguro de que nada te importa, excepto tú misma.

Alyssa decidió que ya tendría tiempo para indignarse por los comentarios que Joshua había hecho mientras se tomaba un café en la cafetería del hospital. A pesar de su enfado, todavía sentía preocupación por cómo estaría Roland en aquella habitación llena de aparatos.

Joshua se detuvo en la entrada de la cafetería que había en el recibidor del hospital. Le ardían los ojos. Llevaba casi veinticuatro horas despierto, necesitaba darse una ducha, cambiarse de ropa y dormir un poco, pero en esos momentos tenía que atender otras cosas importantes.

La primera era Alyssa. Estaba sentada en una mesa con la mirada fija en una taza de café y con una servilleta arrugada en la mano. Ella debió de sentir su presencia porque, al momento, levantó la vista mientras tensaba el puño alrededor de la servilleta.

Lo miró con recelo.

Joshua sabía que la conversación no iba a ser fácil, pero no podía retrasarla más. Avanzó hacia ella.

–Alice... Alyssa –rectificó. Había besado a Alice, sin embargo, nunca tocaría a Alyssa–. Mi madre me ha enviado para que te diga... –se calló y tragó saliva.

Ella se puso en pie y se cubrió la boca con la mano.

–Roland... ¿Está consciente? ¿Puedo verlo?

Él negó con la cabeza. Un sentimiento de tristeza lo invadió por dentro. También se sentía frustrado y desconcertado.

–¿Por qué no? –preguntó ella–. Solo unos minutos, por favor.

Se lo estaba suplicando con la mirada. Por mucho que a Joshua no le gustara, era evidente que ella amaba a su hermano y que estaba dispuesta a hacer todo lo posible por estar con él. Aquello era más difícil de lo que él esperaba.

–Alyssa…

Ella le tocó la manga. Él se estremeció y ella retiró la mano.

–No causaré problemas. No haré nada que pueda poner nerviosa a Amy. Solo quiero ver a mi… A Roland –dijo, mientras hacía añicos la servilleta.

Él le agarró las manos.

–Alyssa, no lo comprendes. Roland está muerto.

–¿Qué? –lo miró como si fuera a desmayarse.

–Así es –la agarró por los hombros y la estrechó contra su cuerpo.

Ella lo miró conmocionada.

–¿Es cierto? –se retiró de su lado, abrazándose a sí misma.

Joshua asintió. Alyssa había dicho que amaba a su hermano, pero ¿Roland había sido consciente de cuánto lo amaba? Joshua lo dudaba. Pero no podía permitir que se le ablandara el corazón. La familia era lo primero.

Alyssa Blake era capaz de cuidar de sí misma. Además, suponía una tentación demasiado grande para él.

Al ver que rompía a llorar Joshua deseó poder abrazarla, consolarla y secarle las lágrimas de desesperación que inundaban su mirada.

Alyssa entró en la iglesia y se quedó en la parte de atrás.

El día anterior había llamado a David Townsend, el editor de la revista *Wine Watch* para pedirle unos días libres sin darle explicación alguna. David le había permitido que se tomara dos días.

Alyssa le había dicho que el miércoles regresaría a la oficina. Sin embargo, allí, en la iglesia, Auckland y el trabajo quedaban muy lejos. Se fijó en el pantalón de rayas que llevaba y pensó que no era la ropa más adecuada para el momento. No había llevado más ropa puesto que su intención era pasar solo el fin de semana en Hawkes Bay. Ni siquiera tenía horquillas para recogerse el cabello, así que, su melena oscura le caía a ambos lados del rostro. Desde luego, lo último que había pasado por su mente el día anterior había sido ir a comprar horquillas y ropa de luto. Desde la muerte de Roland se había quedado aturdida.

Abrió el librillo de la ceremonia religiosa que le habían entregado a la entrada, y vio una foto de Roland junto a una pequeña descripción de los logros que había tenido en su vida y un breve elogio en el que lo describían como «el querido hijo de Kay y Phillip, hermano de Joshua, Heath y Megan».

Por supuesto no había ninguna mención para los padres biológicos ni para los hermanos a los que les habían robado la oportunidad de conocerlo y quererlo.

Los cánticos reverberaban en la iglesia y Alyssa estaba tan emocionada que pensó que podía estallarle el corazón. Después, Joshua se levantó y comenzó a hablar sobre Roland, y a Alyssa se le partió el corazón.

Para cuando llegó al cementerio en la granja donde la familia Saxon había enterrado a sus miembros durante más de un siglo, Alyssa estaba tan cansada que le temblaban las piernas.

Había dudado de si debía ir o no al entierro. Sabía que sería un evento muy triste. El último funeral al que había asistido había sido el de su madre adoptiva y había sido terrible. Al final, sentía tanta necesidad de ver a su hermano de sangre que había decidido ir. Quizá así también encontraría cierta paz interior.

La primera persona que reconoció al llegar a la entrada fue a Joshua. Dudó un instante. Él no la había visto.

Alyssa se detuvo a cierta distancia de donde la familia Saxon estaba reunida alrededor de la tumba y miró a Joshua de nuevo.

Él estaba abrazando a su madre y, a su lado, estaba su hermana Megan llorando. Detrás de ellos estaban Heath y Phillip Saxon, muy serios. Amy estaba al borde de la tumba con expresión de desolación.

Desde donde estaba, Alyssa podía ver las hileras de viñas plantadas en las colinas que se extendían bajo la que se encontraba el cementerio. Pronto empezarían a echar brotes para el verano.

–Amén –murmuró ella con el resto de los presentes.

–Ni se te ocurra quedarte –le dijo Joshua desde detrás.

No lo había oído llegar.

–No lo haré –dijo con el vello de la nuca erizado.

–Bien, no quiero que Amy sufra más de lo necesario.

–Créeme, no voy a hacer nadad que pueda disgustar a Amy.

–No te lo permitiría –dijo él, mirándola fijamente como si estuviera analizándole el rostro.

–¿Y bien?

–Eres muy guapa –dijo él con frialdad.

–Gracias –dijo ella, retirando la mirada.

De pronto, una idea molesta le pasó por la cabeza. ¿Le gustaría Amy? ¿Y puesto que Roland había fallecido Joshua esperaba tener una oportunidad con ella?

Lo miró de reojo.

–Amy también es muy guapa.

Él se quedó de piedra.

–¿Qué diablos quieres decir con eso?

Ella lo miró a los ojos.

–Parece que la admiras mucho.

–¿Crees que me gusta la novia de mi hermano? –la mirada se le oscureció.

–Sería comprensible.

Amy sería la esposa perfecta para Joshua Saxon. Incluso era la ahijada de Kay.

–En estos momentos, Amy es vulnerable. Tienes que tener cuidado para que no se confunda creyendo que puede tener una relación de consuelo contigo.

–No necesito consejos de psicología barata. No ligo con las mujeres de mis hermanos –la miró–. O al menos, nunca lo había hecho hasta la noche en que te conocí.

Alyssa sintió que un fuerte deseo la invadía por dentro.

¿Qué pasaría si él se enterara de que Roland no era su hermano de verdad? ¿Y de que ella era la hermana pequeña de Roland?

No tenía sentido atormentarse con ello. Era ridículo. Joshua nunca descubriría la verdad.

Él se retiró y Alyssa cerró los ojos y permitió que el sonido de los cánticos la envolviera. Al cabo de unos minutos oyó el ruido de las puertas de los coches al cerrarse y de los motores.

Suspiró aliviada y abrió los ojos. Solo quedaban algunas personas. Joshua no estaba. Ella deseaba…

¿Qué sentido tenía desear nada? La conexión que había sentido con Joshua había terminado en cuanto él había descubierto quién era ella en realidad. Estaba acostumbrada a estar sola. Y puesto que había sido la hija única de unos padres mayores, había tenido una infancia bastante solitaria. A los trece años descubrió que era adoptada, que en realidad su nombre de nacimiento era Alice McKay, y no Alyssa Blake.

Había estado tan entusiasmada con la idea de encontrar a sus hermanos… De tener más familia… A su madre no le había gustado nada la idea de que Alyssa quisiera buscar a sus padres biológicos. Durante años, abandonó la idea para no disgustar a Margaret, pero finalmente empezó a buscarlos en secreto. Y tres años antes, después de que su madre muriera, se había centrado por completo en su búsqueda.

No había encontrado a su padre, pero a su madre la encontró, ciega, en una residencia y, desde entonces, iba a verla a menudo. Desde que descubrió que tenía un hermano, no había parado de buscarlo.

¿Por qué no habría presionado a Roland para que la recibiera antes?

Roland no necesitaba una hermana. Ya tenía una. Y dos hermanos. Una familia entera y unida.

Sin embargo, para ella, encontrar un hermano lo era todo.

–Alice… –Kay se acercó a ella.

–Llámame Alyssa –Alice ya no estaba. Solo había existido para demostrar que ella había sido otra persona, que tenía un hermano. Al cabo de un instante, añadió–. Joshua cree que soy la amante de Roland. Me gustaría que le dijeras la verdad.

Kay negó con la cabeza y gesticuló hacia la tumba.

–Roland está muerto. Phillip y yo no queremos tener que pasar el trauma de explicarles a los niños que él no era su hermano de sangre.

–Ya no son niños. Son adultos. Estoy segura de que lo comprenderán.

–Eso significaría que toda su infancia estuvo basada en una mentira.

–Merecen saber la verdad.

–Es demasiado tarde para eso –Kay negó con la

cabeza y comenzó a avanzar hacia donde estaba Phillip hablando con unos señores.

–¿Por qué no se lo dijisteis antes?

–Al principio pensamos decírselo, pero pasaron los años y se hizo demasiado tarde. Ni Phillip ni yo queremos que se enteren. No es necesario –miró a Alyssa–. Me gustaría que lo respetaras.

Roland ya no estaba, sin embargo, había muchas cosas que Kay podía contarle acerca de su hermano. Quizá… Alyssa notó que se le aceleraba el corazón.

–Kay, no se lo contaré a nadie, pero si pudieras compartir conmigo el pasado de Roland… Me gustaría ver fotos suyas, escuchar historias de lo que hacía, conocer los lugares que visitó.

–Eso no es posible.

–Entonces, no tengo motivos para prometerte que mantendré mi parentesco con Roland en secreto –le dijo Alyssa, y se adelantó.

–Espera.

Alyssa volvió la cabeza.

–No puedes hacer eso –Kay estaba horrorizada–. ¿Y si hago lo que me pides? ¿Cómo sabré que no contarás nada más tarde?

–Te daré mi palabra. Y nunca la incumpliré. Esto es muy importante para mí… Es todo lo que tendré del hermano al que llevo buscando desde que cumplí dieciocho años.

–Está bien –contestó Kay–. Ven a Saxon's Folly por la mañana. Y será mejor que traigas tus cosas. Puede que te quedes toda la semana.

***

A la mañana siguiente, Alyssa traspasó la verja de Saxon's Folly con un gran nudo en el estómago. Ni siquiera la belleza de los viñedos sirvió para calmar el nerviosismo que le provocaba la idea de ver a Joshua Saxon otra vez.

Al menos, su jefe le había dado el visto bueno.

—¿Por qué no me lo contaste la última vez que hablamos? Me he enterado de que Roland Saxon ha muerto en un accidente. Una tragedia. Podrías escribir un artículo sobre lo que su pérdida significará para el sector. Intenta conseguir en exclusiva quién lo sustituirá en la bodega y cómo afectará el cambio al lugar que ocupa Saxon's Folly.

—David, necesito unos días libres —dijo ella con el corazón encogido.

—¿Estás enferma? Suenas rara.

—Me han invitado a quedarme en Saxon's Folly.

Se hizo un silencio.

—Prepárame una necrológica sobre Roland Saxon cuanto antes. Si la tuvieras el viernes podría salir en el próximo número. Deberías haberme contado que ibas a visitar a los Saxon.

Ella no tenía intención de explicarle lo de Roland. Le había prometido a Kay que guardaría el secreto y lo haría.

Nada más aparcar frente a la bodega, la primera persona a la que vio fue a Joshua. Al verla salir del coche la miró mostrando su desaprobación.

Alyssa alzó la barbilla.

–Te he traído tu chaqueta –abrió el maletero del coche y se la entregó.

–Oh, gracias –dijo ligeramente avergonzado. Agarró la chaqueta y se la colocó por encima del hombro–. Que tengas un buen viaje.

–No voy a marcharme. Tu madre me ha invitado a quedarme una semana.

–¿Has hablado con mi madre? –preguntó boquiabierto–. En estos momentos no necesita una intrusa en casa.

–No soy una intrusa. Tu madre me ha invitado. No te preocupes, Joshua, seré muy cuidadosa con sus sentimientos.

Él se inclinó y sacó su bolsa del coche antes de mirarla con incredulidad.

–Ya.

Alyssa notó que se le aceleraba el corazón cuando él la miró de arriba abajo.

–Además, el editor me ha pedido que escriba un pequeño tributo para Roland. Aprovecharé esta semana para averiguar cosas sobre él.

–¡Ah, no! ¡No lo harás! No vas a dedicarte a buscar los trapos sucios de Roland.

–No he venido a buscar trapos sucios –dijo ella, y le quitó la bolsa de la mano–. Tu madre me ha invitado, y es una buena oportunidad para hablar sobre Roland, para saber lo que significaba para otras personas y qué aportó a sus vidas. La comunidad del sector vinícola lo echará de menos.

–No me fío de ti –dijo él–. No olvides que yo ya

he sido el objetivo de tu pluma envenenada en una ocasión. Quiero vigilarte de cerca, oír las preguntas que haces. Vendrás conmigo todos los días.

Alyssa vio cómo su sueño de pasar tiempo con Kay para averiguar cosas de Roland se desvanecía.

—Pero...

—He estropeado tus planes, ¿verdad? ¿Por qué te colaste en el baile? ¿Qué es lo que realmente quieres, Alyssa? ¿Una exclusiva?

—No, vine para... —recordó la promesa que le había hecho a Kay.

—¿A qué? —

—Vine para ver a Roland.

—¿Por qué? Todavía no me has dicho qué querías de él.

—Pensé que tú ya lo habías decidido —Alyssa no pudo contenerse.

Joshua frunció el ceño y se quedó en silencio.

—Empiezo a creer que Roland significaba algo para ti. Que su muerte te está afectando igual que a nosotros.

Antes de que Alyssa pudiera responder, él agarró la maleta y se dirigió hacia la casa.

Encontraron a Kay en la biblioteca, trabajando en el escritorio con vistas a los jardines y viñedos.

—Tu invitada. Lo siento, madre, no puedo quedarme, tengo que regresar al viñedo —dejó la maleta de Alyssa en el suelo y su chaqueta sobre una silla—. No olvides que esta noche hemos quedado en ir a ver a Amy —miró a Alyssa—. Será mejor que tú te quedes aquí.

–No sería de buena educación dejar a Alyssa aquí. Puede acompañarnos.

–No, Amy se disgustaría mucho si descubriera el verdadero motivo por el que Alyssa estaba deseosa de asistir al baile.

Durante un instante permaneció indecisa y luego dijo:

–Si tú lo crees, cariño.

–Lo creo –dijo él, y miró a Alyssa–. En cuanto estés instalada ven a buscarme. Estaré en la bodega.

Cuando Joshua se marchó, Alyssa se volvió hacia Kay.

–Sé que esto debe de ser muy duro para ti. Quizá podíamos dar un paseo por el viñedo.

–Quiero hablar de Roland. Todo ha sido tan rápido… Roland y Amy iban a casarse en diciembre. Phillip y yo esperábamos tener nietos y, ahora, Roland está muerto.

–Niños… Yo nunca he pensado en tener hijos –ni sobrinos. Ni una cuñada como Amy–. No había pensado en nada más que encontrar a Roland. Él era la familia que he estado buscando desde que me enteré que era adoptada.

La mirada de Kay se oscureció.

–Oh, Alyssa… –abrió los brazos para abrazarla.

Alyssa se dejó abrazar e inhaló el aroma a lavanda que desprendía la mujer.

–Me sentía tan perdida.

–¿Y tus padres? ¿No te ayudaría pasar unos días con ellos ahora?

–Mi madre adoptiva murió de cáncer hace tres años. Fue entonces cuando empecé a buscar a Roland. Ella nunca me apoyó para que buscara a mis padres biológicos. Ni a Roland.

–Quizá temía que pudiera perderte.

–¿Cómo iba a perderme? Era mi madre. Ella me crio. Yo la quería.

–¿Y qué hay de tu padre adoptivo?

–El año pasado volvió a casarse. Su nueva esposa quería vivir en Australia con su hija y sus nietas.

–Así que en pocos años has perdido a tu madre, tu padre se ha ido a vivir fuera y, ahora, tu hermano de sangre ha muerto –Kay parecía afectada.

–Sí –susurró Alyssa con un nudo en la garganta–. Pero tú vas a compartir un poco de la vida de Roland conmigo... Eso será mucho más de lo que he tenido de él hasta ahora.

Esa noche, cuando los Saxon se marcharon a visitar a Amy, Alyssa se sintió muy sola. Agarró el mando a distancia para apagar el televisor y percibió el intenso silencio de la casa. Abrió el álbum de fotos que Kay le había mostrado antes y comenzó a mirarlo.

Una inmensa nostalgia la invadió por dentro. Roland aparecía sujetando a Joshua cuando era un recién nacido. También había una foto de su primer día de colegio, con Joshua y Heath a su lado. Otra de él montando a caballo con una gran sonrisa y sujetando un trofeo de plata.

Cuando Alyssa terminó de mirar el álbum se dirigió a la cocina. Ivy, el ama de llaves, le había dejado preparada una bandeja con un pedazo de quiche y ensalada. Se preparó una taza de cacao, agarró la bandeja y salió de allí.

Se detuvo al pie de la escalera. Su dormitorio estaba en el piso de arriba, junto con los aposentos de Megan y la suite de Kay y Phillip. En el piso de abajo estaban los aposentos de Roland y los de Joshua.

Un sentimiento de vergüenza se apoderó de ella al recordar lo que había sucedido en la habitación de Joshua la noche del baile.

Movida por la curiosidad bajó por las escaleras y llegó a un salón con dos sofás de cuero y un gran televisor de plasma. También había una estantería llena de libros de enología y novelas.

Alyssa salió del salón y se asomó al pasillo. Allí había dos habitaciones y una de ellas tenía la puerta cerrada. Se acercó y abrió la puerta. Al instante, se le formó un nudo en la garganta.

Sin duda, aquella era la habitación donde dormía su hermano.

Resultaba muy doloroso pensar que nunca más volvería a despertarse en aquella cama. Vio un escritorio y se acercó. Se detuvo en la puerta del baño. Sobre la encimera de mármol había una máquina de afeitar eléctrica y un cepillo en el que había algún pelo pelirrojo. Se arrancó un pelo y lo colocó al lado para compararlos. El suyo era más oscuro y más suave. Tragó saliva y salió de allí.

Al otro lado del pasillo vio la habitación con la puerta abierta y no pudo resistirse. Era la habitación de Joshua. Nada más entrar estaba su estudio, el vestidor y el baño. Al fondo, el dormitorio. Enseguida, Alyssa reconoció su aroma. Se sentó en la cama y se esforzó para contener las lágrimas. Permaneció allí un buen rato. Salió al pasillo, recogió la bandeja que había dejado al pie de la escalera y se dirigió a su habitación.

El silencio de la casa era agobiante. Una fuerte sensación de vacío la invadió por dentro. Allí, en casa de la familia Saxon, se sentía más sola que nunca.

Joshua había invitado a sus padres, a Megan y a Amy a cenar, pensando en que a todos les sentaría bien salir un rato. Sin embargo, mientras estaban sentados en la mesa del restaurante, pensó en que Alyssa se había quedado sola en la casa y un fuerte sentimiento de culpa lo invadió por dentro.

—¿Por qué estás tan serio? —le preguntó Megan con curiosidad.

—Solo estoy pensando.

—¿En una mujer? —preguntó ella con una sonrisa.

—Sin comentarios.

Ella se rio. En ese momento le sonó el teléfono avisándola de un nuevo mensaje de texto.

—¿Tienes un admirador nuevo?

—Quizá —dijo ella, sonrojándose una pizca.

—¿Cuándo vamos a conocerlo? —Kay parecía interesada.

Phillip negó con la cabeza y se rio.

Megan miró a Joshua.

—Ves lo que has empezado.

Él sonrió.

—Te lo mereces por ser tan reservada.

Y no solo lo era ella. Roland también había guardado muchos secretos. Una amante de la que nadie sabía nada. Miró a Amy. Ella no había hablado mucho, pero parecía contenta de haber salido de casa.

No debían de ocultar el hecho de que Alyssa estuviera hospedada en Saxon's Folly. Amy trabajaba como secretaria en la bodega y pronto lo descubriría.

—¿Te ha dicho mi madre que Alyssa Blake, la periodista experta en enología, se queda unos días en nuestra casa?

—¿Alyssa Blake? ¿De veras? ¿Después del artículo que escribió?

—Quiere escribir un artículo en homenaje a Roland —Joshua contuvo la respiración, esperando a ver cómo reaccionaba Amy.

—Sería una bonita manera de recordar a Roland.

—Tengo algunas fotos que puede usar… Tendré que buscarlas —intervino la madre.

Ninguna de las dos parecía molesta con la idea. Joshua empezaba a pensar que había exagerado.

¿Qué estaría haciendo en la casa? ¿Contemplar

el jardín desde la ventana? ¿O darse un baño para calmar el estrés de los días pasados? Le gustaba la idea de imaginarla desnuda en la bañera con el cuerpo cubierto de espuma. Demasiado.

Se acomodó en la silla para tratar de ignorar las imágenes que se habían formado en su memoria.

Al cabo de un momento, se excusó diciendo que tenía que hacer una llamada y salió del restaurante.

Deseaba llamar a casa, hablar con Alyssa y asegurarse de que estaba bien. Su madre tenía razón. Había sido un gesto de mala educación dejarla en casa sola. Además, por mucho que él no aprobara la relación que ella había tenido con su hermano, ella también debía de estar llorando su muerte. Igual que Amy. Y eso lo inquietaba.

Miró el teléfono. ¿Con qué excusa podía llamarla? Era probable que ni siquiera contestara el teléfono de la casa.

Guardó de nuevo el teléfono y regresó al restaurante. Una vez en la mesa, pidió la cuenta. Quería marcharse. La sensación de que no debía de haber dejado a Alyssa sola, en su primera noche en Saxon's Folly, se hizo más intensa.

Al llegar a la casa, Joshua vio que la zona donde se encontraba la habitación de Alyssa estaba a oscuras. Se había preocupado por nada. Ella ya estaba dormida.

***

El sonido de una sirena sobresaltó a Alyssa, interrumpiendo un sueño confuso en el que aparecían Roland, Joshua y Kay.

Desorientada, se sentó en la cama.

Oía voces masculinas. Rápidamente, se puso una bata, agarró el bolso y se dirigió a la puerta. Kay le había contado que había habido un incendio hacía tiempo, pero que la casa no había sufrido muchos daños. ¿Estaba sucediendo de nuevo?

El piso de abajo estaba vacío, las puertas del salón estaban abiertas y no olía a humo. Sin embargo, Alyssa oía ruido de motores. Se dirigió hacia los viñedos, donde veía unos focos.

De pronto, comprendió lo que pasaba.

Era la alarma que advertía de posibles heladas.

Miró el reloj: eran las cuatro de la madrugada. El ruido de los motores provenía de los tractores. Al acercarse, vio que iban arrastrando unos ventiladores gigantes que mezclaban el aire entre las hileras de viñas.

De pronto, un hombre apareció entre la oscuridad. Era Joshua.

–¿Te ha despertado la sirena?

–Pensé que era la alarma de incendios.

–No, no hay fuego. Va a helar.

–¿Habéis llegado a tiempo?

Joshua asintió.

–Tenemos buen equipo.

Una racha de aire les dio de lleno, alborotando el cabello a Alyssa.

–Puedes volver a la cama.

Alyssa se percató de que Joshua la miraba de arriba abajo y, al pensar que estaban a solas en la oscuridad, se le aceleró el corazón. ¿Cómo era posible que aquel hombre la afectara de esa manera?

–Está bien, me voy –contestó ella, apretándose el cinturón de la bata.

Él se aclaró la garganta.

–Siento que te hayas despertado.

–No pasa nada. Si me voy a la cama otra vez podré dormir un par de horas más.

Al instante deseó no haber mencionado la palabra cama. Le recordaba una intimidad que no le gustaba. Y Joshua también había reparado en ello. Se notaba.

Aquello era una locura.

Alyssa se dio la vuelta y regresó a la casa deprisa, pero cuando oyó pisadas detrás de sí, se le formó un nudo en el estómago.

–Te veré en el desayuno –dijo cuando se disponía a subir la escalera de entrada.

–No tan deprisa –dijo él, acercándose a ella.

Se quedó paralizada. Él se colocó a su lado y le acarició el rostro con suavidad, girándoselo para que lo mirara.

Alyssa había percibido el aroma de su loción de afeitar y no había podido evitar las lágrimas al recordar los momentos que había pasado en la habitación de Joshua.

–Eh, no llores.

–No estoy llorando –se frotó los ojos y lo miró pestañeando.

–Ven aquí.

–Estaré bien.

–Calla –la abrazó.

Alyssa rompió a llorar con fuerza. Joshua la estrechó contra su pecho y ella notó el latido de su corazón bajo la palma de la mano. Así se sentía segura. Deseaba poder quedarse allí para siempre.

Él permitió que llorara, sin decirle nada.

Al cabo de unos instantes, ella empezó a tranquilizarse. Y en el silencio de la noche, todo había cambiado, de pronto, Joshua ya no solo le ofrecía consuelo, se le había acelerado el corazón y respiraba de forma irregular.

Alyssa dudó entre acurrucarse contra su cuerpo o separarse de él. Joshua decidió por ella. La soltó y dijo:

–Nunca había tenido este efecto sobre una mujer. Jamás se han puesto a llorar por mi culpa.

Alyssa sabía que estaba intentando hacerla sonreír, pero no fue capaz.

–Lo siento.

–Ha sido una semana infernal –la abrazó de nuevo y le apoyó la mejilla contra el pelo–. Llora todo lo que quieras.

–Debes de pensar que soy tonta.

Él la abrazó con más fuerza.

–Para nada –le dijo, y añadió–. Yo también le echo de menos.

Capítulo Cuatro

Por la mañana, cuando entró en la sala donde desayunaba la familia Saxon, Alyssa todavía se sentía incómoda por haberse derrumbado entre los brazos de Joshua. Al ver que la habitación estaba vacía se relajó una pizca, hasta que Joshua entró desde la cocina.

–Me has asustado –dijo ella con el corazón acelerado.

Estaba tremendamente atractivo. Se había cambiado de ropa y llevaba una camisa negra y unos vaqueros.

–¿Dónde está todo el mundo? –le preguntó Alyssa.

–Trabajando. Nos despertamos temprano. En Saxon's Folly no llevamos el horario de la ciudad.

–Ah, entonces, ¿qué haces aquí todavía?

–He estado esperándote.

–¿Por qué?

–¿Lo has olvidado? Hoy vas a acompañarme. Date prisa porque necesito ponerme en marcha.

–No necesito un perro guardián.

–No tienes elección.

Alyssa sabía que no merecía la pena discutir. No, si quería quedarse en Saxon's Folly.

No había rastro del hombre amable que había sido Joshua antes del amanecer. Había sido una ingenua al pensar que él podía ser un hombre empático y cariñoso.

Estaba equivocada.

Aquel era el verdadero Joshua Saxon. Demasiado arrogante y demasiado seguro de sí mismo.

A pesar de que era consciente de todo eso, ella no podía evitar estremecerse cuando él la miraba fijamente. Era una lástima que su cuerpo y su cerebro no se pusieran de acuerdo acerca del hombre que era bueno para ella.

Alyssa se preparó una tostada con mermelada y preguntó:

–¿Y qué vas a mostrarme hoy? ¿Más grabados?

–Soy un hombre bastante directo. No necesitaría emplear ese tipo de artimañas… Si te deseara, te lo diría –puso una mueca a modo de sonrisa.

Así que él ya no la deseaba. Tras descubrir su identidad había perdido el interés por ella. Al cabo de unos minutos, después de desayunar en silencio deseando no haberle provocado con lo de los grabados, Alyssa lo siguió hasta el Range Rover.

La llevó primero a ver los viñedos.

–Las viñas son como el corazón de Saxon's Folly –se bajó del vehículo, abrió la puerta del pasajero para que ella bajara y se inclinó para agarrar un puñado de tierra del suelo–. Y esto es el alma.

Al oír la pasión que había en su voz, Alyssa notó que se le aceleraba el corazón. Joshua tenía la capacidad de provocarle emociones intensas.

¿Qué tenía ese hombre de especial?

Era alto, tenía el cabello moreno y era muy atractivo. Además, el sol de la mañana resaltaba sus facciones casi perfectas. Sin embargo, no solo era eso lo que hacía que el corazón le latiera con más fuerza.

—Este trozo se plantó por primera vez en 1916. Es extraño pensar que fue así, ¿verdad? —Joshua miró a Alyssa—. En Napier, algunos hombres se marchaban a Europa para luchar durante la Guerra Mundial y, aquí, en este pedazo de tierra, alejado de la guerra, una docena de monjes españoles plantaron unos viñedos. Incluso durante los momentos en que la muerte está presente, la vida debe continuar.

Así, sin más, la cautivó. Alyssa sabía que Joshua estaba hablando de algo más aparte de las viñas que acariciaba con los dedos. Estaba hablando de Roland. Del dolor. De la vida que continuaba al otro lado.

A ella le molestaba que él tuviera la capacidad de afectarla de esa manera, de tenerla a su merced.

—¿Y qué especie es esa? —preguntó ella, tratando de que se disipara la tensión.

—Los monjes pensaban que estaban cultivando *cabernet sauvignon*. Años más tarde, cuando las uvas estaban listas para cosechar, descubrieron su error. Son *cabernet franc*. Ya era demasiado tarde para arrancarlas. Y así hicieron el vino.

Alyssa lo miró un instante y dijo:

—Te encanta estar aquí, ¿verdad?

–¿Y a quién no le gustaría? –su mirada se iluminó de placer. Y su sonrisa hizo que la expresión de su rostro fuera aún más sexy.

Alyssa notó que una ola de deseo la invadía por dentro.

–Antes de que mi padre decidiera que quería convertirse en el director ejecutivo de Saxon's Folly, yo me ocupaba de las viñas. A mí nunca me interesó hacer el vino. Yo quería cultivar los frutales que los enólogos como Heath y Caitlyn transformaban en néctar para los dioses.

Era un hombre con raíces que sabía muy bien quien era. Un hombre tan seguro de sí mismo al que Alyssa no podía evitar admirar. Y desear.

Alyssa trató de no ponerse nostálgica. No podía permitirse la distracción que, para ella, suponía Joshua. Respiró hondo y preguntó:

–¿Lo echas de menos?

Él asintió.

–Todavía cuido un poco de los viñedos, pero he designado a dos encargados. Uno para que esté aquí y otro para los viñedos de Gimblett´s Gravels, donde crecen la mayor parte de las uvas con las que hacemos el vino tinto.

–¿Y echas de menos que Heath ya no trabaje aquí?

El teléfono móvil de Alyssa comenzó a vibrar y lo sacó del bolso. Miró la pantalla y, al ver que era David, cortó la llamada.

–Lo siento. ¿Y cómo terminó todo esto en manos de tu familia?

–Después de la Primera Guerra Mundial, los monjes decidieron marcharse y vendieron la tierra. Tres años más tarde, un antepasado de mi familia la ganó en una partida de póquer. Los monjes habían plantado viñas para el vino sacramental y todo el mundo se rio cuando Joseph Saxon dijo que iba a cultivarlas para comercializarlo. La gente decía que la tierra era baldía, pero él estaba decidido a demostrarles lo contrario –esbozó una sonrisa–. Era un viejo cabezota. Los de la zona lo llamaron Saxon's Folly. Y el nombre ha perdurado hasta hoy.

–Así que viene de ahí.

Él arqueó una ceja.

–¿El apellido Saxon?

Ella se rio.

–La cabezonería.

–Nada de eso –dijo él.

–Ya –dijo ella, sonriendo.

Alyssa dejó de sonreír esa tarde cuando, en su dormitorio, consiguió devolverle la llamada al editor.

–Me han llegado rumores de Saxon's Folly... –dijo David sin más preámbulo–. Vamos a ver qué más puedo averiguar. Te llamaré si hay suficiente información para un artículo.

A Alyssa se le encogió el corazón.

–Yo no he oído nada... Y ahora no me apetece escribir un artículo. ¿No hay nadie más disponible? –no estaba segura de poder ofrecer una perspectiva imparcial–. Me he tomado unos días libres, David.

–Quizá no sea necesario que te tomes unos días –dijo él–. Te llamaré en cuanto sepa algo más. Y no te olvides de enviar la necrológica mañana.

Alyssa colgó el teléfono. Joshua entraría en cólera si descubriera que David pensaba asignarle un artículo sobre su preciado viñedo. Era mejor no decirle nada. Después de todo, era posible que la información que tuviera David no fueran más que falsos rumores.

Tras llegar a esa conclusión, Alyssa decidió que trataría de olvidarse del tema y centrarse en aprender cosas sobre la vida de su hermano para su propia satisfacción. Nada más.

–Sube –le dijo Joshua a Alyssa mientras arrancaba el Range Rover la tarde del día siguiente.

Ella se subió al coche y dejó el bolso a sus pies. Él la saludó y la miró de reojo, fijándose en cómo los pantalones azules cubrían sus piernas largas y femeninas.

Hizo un esfuerzo para mirar a otro lado y dijo:

–No podía faltar a la reunión –dijo aclarándose la garganta–. ¿Qué has estado haciendo?

–No mucho –dijo Alyssa, y sacó un cuaderno y un lápiz del bolso–. Cuando te marchaste me di un paseo por la bodega. Caitlyn fue muy amable y me mostró el lugar.

Joshua se relajó una pizca. Se había sentido un poco incómodo dejando a Alyssa sola, sin saber qué trastada podía hacer cuando él no estuviera.

Pero no tenía elección. El trabajo era prioritario. La miró de nuevo. Tenía el cabello alborotado por el viento y sonreía.

Otra ola de deseo se apoderó de él. Agarró el volante con fuerza y se concentró en la pista por la que conducía colina arriba.

–¿Eso es todo?

–Tu madre me mostró algunos álbumes familiares y me contó historias sobre los trofeos que ganó Roland.

–No quiero que disgustes a mi madre.

–No lo he hecho, Lo prometo. Ella quería hacerlo. Creo que le sirve de terapia.

¿Estaría exagerando? La desconfianza que sentía hacia esa mujer provocaba que quisiera mantenerla todo el tiempo vigilada. Su madre había invitado a Alyssa a Saxon's Folly y él no podía prohibirle que hablara con su invitada. Incluso quizá fuera bueno que hablara sobre Roland con una persona desconocida. Él no estaba preparado para hablar sobre su hermano todavía. Y, desde luego, no con Alyssa.

Iban hacia el oeste, con el mar a sus espaldas.

–¿Adónde vamos? –preguntó Alyssa.

De pronto, Joshua tuvo una premonición. Quizá aquello no era buena idea.

–Hay algo que me gustaría mostrarte al otro lado de The Divide.

–¿The Divide?

Joshua señaló la pista serpenteante que atravesaba la montaña. Al llegar a la cima, oyó que ella contenía la respiración. La miró de reojo y vio la expresión de asombro en su rostro.

Frente a ellos se extendía un valle precioso y él siempre se sobrecogía al verlo. Sin embargo, ese día, toda su atención estaba centrada en la mujer que estaba sentada a su lado, contemplando las colinas, la extensa planicie y el río que la atravesaba.

–¿Qué te parece? –le preguntó Joshua.

–Es precioso –dijo ella–. Demasiado bonito como para describirlo con palabras –golpeó el lápiz que tenía en la mano contra la libreta.

Joshua sonrió para sí, sintiéndose satisfecho. Quizá no se había equivocado al llevarla allí.

–Este es el mejor lugar del mundo para un cálido día de verano. ¿Ves ese río?

Alyssa asintió.

–Chosen Valley Vineyard, la casa de Heath, está al otro lado.

–Que vista más bonita. Es maravillosa. Es evidente que a Heath y a ti os encanta este lugar, si no, no viviríais aquí –Alyssa se quedó en silencio un momento–. ¿Y a Roland le gustaba vivir aquí?

Joshua se esforzó para no reaccionar ante la facilidad con la que ella mencionaba a su hermano. Sin embargo, no pudo evitar la tensión que se creó entre ellos, disipando la complicidad.

Él soltó una carcajada.

–Roland no tenía paciencia para pescar una trucha. Le gustaban los deportes de riesgo, los coches veloces… –la miró y añadió burlón– y también las mujeres rápidas.

–¿Insinúas que yo lo soy?

Joshua detuvo el coche a un lado de la pista y la miró. ¿Que vas deprisa? ¿Por la vía rápida en busca del éxito? Quizá. ¿Cuándo fue la última vez que te paraste a reflexionar un poco? ¿Que fuiste a dar un paseo? ¿Que te quedaste en lo alto de una colina esperando la puesta de sol?

Se dio la vuelta, se bajó del coche y se acercó al borde de la carretera con las manos en las caderas.

Oyó que ella se bajaba del coche también y que se detenía detrás de él.

Se puso tenso.

–Tienes razón –suspiró ella–. He estado trabajando mucho.

–¿Por qué? ¿Qué es lo que te empuja a hacerlo?

–Es muy difícil de explicar.

–Inténtalo –dijo, mirándola a los ojos.

Durante un instante pensó que Alyssa no iba a contestar. Momentos después, ella dijo:

–Me crie siendo hija única…

Joshua se percató de que ella no parecía contenta con el tema. Esperó a que continuara.

–Me educaron para que destacara. Recibí clases particulares. Aprendí piano, teatro, arte, tenis…

–¿Porque eras hija única?

–Mis padres me consideraban la hija predilecta. Sus ambiciones llegaron a ser las mías. Esperaban que me convirtiera en alguien importante. Yo también quería lo mismo. Durante mucho tiempo deseé conseguir el éxito, aunque en una versión un poco diferente de la de mis padres. Mi padre era juez y quería que yo fuera abogada. Le costó aceptar que eligiera otra carrera. Me esforcé un montón.

–Y conseguiste el éxito. A lo mejor, después de todo, resulta que estás hecha de la misma madera que él.

Ella sonrió con tristeza.

–Siempre fui una luchadora. Y mi padre se aseguró de que supiera diferenciar entre el bien y el mal desde que era muy joven. Créeme, no es fácil ser la hija de un juez. Sobre todo de adolescente. Nunca se gana –su mirada había recuperado algo de brillo–. Cuando crecí, me di cuenta de que tenía razón. El mundo necesita personas que defiendan sus principios. La verdad y la honradez y todos esos valores anticuados. Al menos mi madre vivió lo suficiente para ver cómo me convertía en una periodista famosa especializada en enología. Una celebridad de la televisión fácilmente reconocible. Para llegar a serlo tuve que invertir el tiempo que podía haber pasado con ella, claro que nunca supe que estaba enferma. Tenía cáncer –añadió, al ver que él le hacía la pregunta con la mirada.

–Debió de ser muy duro. Seguro que estaba orgullosa de ti.

–Sí, lo estaba.

–Nunca he pensado en cómo debe de ser no tener hermanos –comentó Joshua–. Nosotros siempre hemos compartido la responsabilidad de Saxon's Folly– Mi vida habría estado vacía si no hubiese tenido a Roland y a Heath para discutir, o sin Megan queriendo salirse siempre con la suya.

–Eres afortunado.

–¿Eso crees? –se rio–. A veces quiero asesinarlos. Pero los quiero.

–Quizá yo estaba demasiado centrada en mi trabajo –admitió Alyssa–, pero eso cambió hace tres años.

–¿Cuando falleció tu madre?

–La echo de menos –lo miró fijamente–. Me hubiera gustado tener un hermano…. Lo que más deseaba en el mundo era una familia.

Quizá era eso lo que provocaba la muerte en las personas. Él daría cualquier cosa por recuperar a Roland. Sintió lástima por Alyssa.

–Siento que perdieras a tu madre –le dijo–. ¿Y tu padre?

–Él se casó otra vez el año pasado. Creo que se sentía solo –volvió la cabeza y señaló hacia la puesta de sol–. En algún momento del camino, dejé de buscar puestas de sol.

Joshua permaneció a su lado en silencio. Deseaba no haberse conmovido con su historia. Y que cesara la potente atracción que sentía por ella.

Debería ser más sensato como para no desear a Alyssa Blake.

–No se me había ocurrido que cada vez que hay una puesta de sol significa que muere un día, y el tiempo pasa a una velocidad de vértigo –lo miró–. Quizá tengas razón. Puede que mi vida transcurra demasiado rápido.

–Nunca imaginé que presenciaría el día en que Alyssa Blake podía admitir que estaba equivocada.

Ella entornó los ojos y lo miró.

–Tú también has ido muy deprisa. Has sido gerente de un viñedo de tamaño considerable. Director ejecutivo de Saxon's Folly. Formador de toda la plantilla… Saxon's Folly es un gran negocio. Tú eres el jefe. ¿Y no estás motivado para conseguir que vaya bien? ¿Para establecer metas?

–Claro que lo hago, pero no estoy obsesionado con las metas.

–¿Insinúas que yo lo estoy?

Él se encogió de hombros.

–Conoces mi filosofía. En Saxon's Folly disfrutar es fundamental. ¿Cómo va a disfrutar la gente de nuestros vinos si la gente que trabaja aquí no se lo pasa bien haciéndolo?

Ella negó con la cabeza.

–Eso es una tontería. Te lo dije entonces, cuando intentaste convencerme de ello durante los diez minutos que me concediste para la entrevista que te hice para *Wine Watch*.

–Estaba ocupado. Me pillaste en medio de la cosecha y había pronóstico de mal tiempo. De veras creo que la felicidad de los empleados se muestra en el producto final.

–No me parecías un luchador.

–No, preferías verme como alguien que podía echar a una persona de manera arbitraria.

Alyssa aceptó el reto.

–¿Y por qué echaste a Tommy Smith? Él mantenía que abusaron de él, que destrozaste su vida. Y que tu teoría de la felicidad era una farsa.

–Sabes que no es cierto. ¿Te enteraste de que tres meses después de que yo lo despidiera también lo echaron del siguiente trabajo? Sé que el propietario del viñedo te informó de ello –él le había pedido a Michael Worth que se lo contara. No le gustaba que ella tuviera tan mala opinión de él. Y todavía le molestaba.

–Eso fue mucho después de que se publicara el artículo –protestó ella–. Y fue distinto. Esa vez echaron a Tommy por acoso sexual a una compañera de trabajo.

–¿Y no crees que yo lo eché por el mismo motivo?

Alyssa lo miró horrorizada.

–¿Lo despediste por eso? ¿Por qué no me lo dijiste?

–Lo último que necesitaba la víctima era que la historia apareciera en los periódicos.

–¿Y quién…?

Joshua negó con la cabeza.

–Lo siento, no puedo decirlo. Ni siquiera extraoficialmente.

Alyssa pensó en lo despectiva que había sido con Joshua en el artículo que había escrito, en cómo había apoyado a Tommy, el oprimido. Se le formó un nudo en el estómago. ¿Había juzgado tan mal a Joshua y a Tommy?

Entonces, todos sus temores desaparecieron cuando él dijo con arrogancia:

–Olvídalo. Eso ya terminó.

La brisa era fresca y Alyssa se estremeció. Se frotó los brazos con las manos para entrar en calor.

–Tienes frío. Debemos irnos.

Alyssa no se movió.

–No sabía que él había acosado a una de tus empleadas. Y sin conocer esa información fundamental, ¿cómo iba a presentar tu lado de la historia?

–No estaba preparado para romper la promesa que le había hecho a alguien que confiaba en mí solo para satisfacer tu curiosidad.

–Sin embargo, te afectó a ti y a Saxon's Folly.

Él sonrió con cinismo.

–Y yo perdí todo el respeto que tenía hacia la revista *Wine Watch*.

–Y el que podías tener hacia mí.

–Sí.

Alyssa experimentó cierta decepción cuando él confirmó la opinión que tenía de ella. ¿Qué esperaba? ¿Que lo negara? ¿Y desde cuándo su opinión le parecía tan importante?

–¿Así que la mañana siguiente del día en que la revista salió a los quioscos no me respetaste?

–¿Eso es lo que quieres?

–¿Que te respete por las mañanas?

–Era una broma –dijo ella. Y por mucho que anhelara su respeto, la broma no había sido apropiada.

Alyssa tenía que haberse mordido la lengua.

–Mi boca a veces va por libre.

Él se fijó en sus labios.

–Es curioso, te tenía por una mujer calculadora más que impulsiva. Me da la sensación de que piensas muy bien cada palabra que sale de esa apetecible boca.

Y de pronto, Joshua estaba mucho más cerca de ella. Alyssa se sonrojó y se puso tensa.

Joshua apretó los dientes un instante e inclinó la cabeza, separando los labios. Ella notó su cálida respiración en la boca y una ola de deseo la invadió por dentro. Joshua la besó y, cuando le introdujo la lengua en la boca, ella se derritió.

Su cuerpo era grande y cálido y ella ya no sentía frío. Él la rodeó con los brazos y la estrechó contra su cuerpo. Alyssa notó la musculatura de su torso y, al instante, sus pezones se pusieron turgentes. Joshua le sujetó la cabeza y la besó de manera apasionada.

–Sabes a melocotón.

Alyssa abrió los ojos, y lo miró sorprendida por cómo había reaccionado.

–Sabrosa y dulce –la besó de nuevo antes de que pudiera contestar.

Alyssa percibió que su sabor era como el del viento frío y salvaje, con un toque de menta. Mientras la besaba, se agarró a sus hombros, temiendo que le fallaran las piernas si él la soltaba.

Cuando finalmente se separó de ella, Alyssa respiraba de forma acelerada. Él la sujetó por la cintura y la estrechó contra su cuerpo. Sus muslos se rozaron de manera íntima.

Alyssa levantó la vista y vio que él la estaba mirando.

–Entonces, ¿puedes respetar a una mujer que

responde con tanto abandono ante tus besos? –trató de hablar con naturalidad.

–Respeto el sentimiento sincero que he descubierto –dijo él.

Y a ella le dio un vuelco el corazón. Quizá él sí la deseaba. Quizá el hecho de que hubiera descubierto su identidad no había mermado su deseo.

Aunque estuviera luchando contra él.

En ese momento, Alyssa se percató de que Joshua era mucho más peligroso de lo que ella había imaginado.

Esa noche Alyssa fue la última en llegar a la cena. Era su primera comida con la familia, puesto que el día anterior había cenado en su habitación con una bandeja. Todo el mundo estaba sentado en su sitio y solo quedaba un puesto vacío. El de Roland. El lugar que su hermano había ocupado durante años.

Sintiendo una fuerte presión en el pecho, se sentó en la silla de su hermano. Frente a ella estaba Joshua, con su madre a su derecha y su hermana, Megan, a la izquierda. Phillip y Caitlyn Ross, la viticultora de Saxon's Folly, estaban sentados a ambos lados de Alyssa.

–¿Qué tal tu día? –preguntó Caitlyn con una sonrisa.

–Estupendo –contestó de forma automática.

Joshua la miró arqueando una ceja.

«¡Oh, cielos!». Estaba pensando en el beso. Eso

había sido más que estupendo. Impactante. Aunque ella no estaba dispuesta a decírselo.

–He aprendido mucho –dijo ella, y se sonrojó al ver que él la miraba con incredulidad–. Esto es tan bonito.

–Un paraíso –dijo Caitlyn.

No podía ser un paraíso sin Roland allí. Sin embargo, era la primera vez que pensaba en su hermano sin el intenso dolor que se había apoderado de ella. Se sentía triste, pero la rabia y el resentimiento por haber perdido la oportunidad de conocerlo comenzaban a disminuir y empezaba a aceptar su muerte. En cierto modo, hablar con Joshua de la muerte de su madre la había ayudado.

–Si quieres ver algo especial tienes que pedirle al jefe que te lleve a la cascada –dijo Caitlyn, mirando a Joshua–. La mejor manera de llegar hasta allí es a caballo. Es una ruta preciosa.

–No he montado mucho a caballo.

–Puedes montar a Breeze. Es muy mansa –dijo Megan.

–No lo sé… –dudó Alyssa.

–A Roland le encantaban las cataratas –Kay intervino en la conversación–. De niño solía suplicarnos que fuéramos a hacer un picnic allí.

–Puede que me lo piense –dijo Alyssa.

–¿Conocías a Roland? –Megan la miraba asombrada.

Miró a Kay y vio que se había sorprendido por la pregunta de su hija. Después miró a Joshua, estaba muy serio.

–Uy... no.

Su negativa no sonaba convincente ni para sus propios oídos. Y la manera en que Joshua la miraba indicaba que estaba convencido de que mentía.

Afortunadamente parecía que había conseguido desviar el interés de Megan.

Kay se volvió hacia Joshua.

–¿Recuerdas una noche que me diste un susto de muerte porque llegaste cubierto de sangre? Roland y tú habíais hecho algún tipo de competición que no conseguí averiguar.

–Tonterías de adolescente –dijo él.

–Durante algunos años pensabais que eráis inmortales –Phillip habló por primera vez.

–Pero maduramos –dijo Megan.

–Piénsalo bien. Tendrás agujetas si no estás acostumbrada a montar. Está a bastante distancia –murmuró Joshua cuando Ivy llegó para recoger los platos.

–Si estás muy ocupado no hace falta que vayamos –dijo ella.

–Es probable que el lunes pueda encontrar un hueco para llevarte, la bodega está cerrada al público después del fin de semana y hay menos trabajo.

¿Le había ofrecido ir el lunes porque sabía que para entonces debía de estar de vuelta en el trabajo? Si se quedaba, disfrutaría de un día más. Sabía que a David no le importaría, y merecía la pena tener agujetas por ver un lugar que su hermano consideraba especial.

–Lo más probable es que sobreviva –le dijo a

Joshua–. Siempre y cuando esté de regreso en Auckland por la noche. Me gustaría ir, si a ti no te importa llevarme.

Se hizo un breve silencio y Caitlyn dijo:

–Me he enterado que has decidido no ir a la feria europea del vino, Megan.

Se había quedado porque Roland había fallecido. Megan no quería decirlo, pero era evidente.

–El mes que viene habrá más ferias, empezando con la de París. Será divertida –dijo Megan forzando un tono de humor–. Los vinateros franceses suelen ser encantadores. Pienso divertirme todo lo que pueda. Quiero probar algunos de esos vinos deliciosos y sexys.

–Se supone que los franceses también son muy sexys –contestó Caitlyn.

–Es el idioma –dijo Alyssa–. Aunque yo no sé hablarlo, en francés todo suena muy sexy.

–*Passez-moi votre verre de vin, s'il vous plaît.*

Todos se rieron al ver que Alyssa miraba a Joshua con asombro. Megan se compadeció de ella y dijo:

–Te ha pedido la copa de vino.

–No quiero más, gracias –dijo Alyssa, y notó que se le derretía el corazón al ver que Joshua estaba de muy buen humor.

La conversación derivó y se centró en el proceso de fermentación del *chardonnay*. Alyssa no pudo evitar fijarse en lo relajada que era la relación entre Caitlyn y Joshua. ¿Habrían salido juntos? ¿Habría pensado Joshua alguna vez en hacerla feliz para siempre jamás?

Capítulo Cinco

El sábado, David llamó a Alyssa para decirle que los rumores acerca de Saxon's Folly eran cada vez mayores.

—Tienen que ver con el *chardonnay* que participó en el Golden Harvest Wine Awards. Hay un miembro del jurado que dice que el vino que se puede comprar en las tiendas no es el mismo que el que él probó en el concurso.

—Entonces, ¿qué pasará?

—Sospecho que van a darle la oportunidad a Joshua Saxon de que retire el vino antes de que el escándalo se haga público. Aunque también se rumorea que han contratado a un detective. De momento, todo se mantiene en secreto —dijo David—. A ver qué puedes averiguar tú.

—Regresaré a la oficina la semana que viene. El martes probablemente.

—Tienes tres días —dijo David, sin comentar nada acerca del día extra que Alyssa había añadido a sus días libres.

—David, no voy a escribir ese artículo. Estoy de vacaciones —él intentó convencerla hasta que colgó la llamada.

Al día siguiente, cuando Kay dio la noticia de

que dos estudiantes que solían ayudar durante los fines de semana en la bodega, con las catas y las ventas, no habían aparecido el domingo, Alyssa se ofreció a ayudar.

Kay parecía aliviada.

—Gracias, Alyssa. Joshua está allí ahora, ayudando también. Él te dará la lista de precios y te dirá lo que tienes que hacer.

El aparcamiento que estaba junto a la bodega estaba lleno de coches. Alyssa no podía creer la cantidad de gente que asistía a las catas que celebraban los fines de semana.

—Al menos, puesto que trabajas para *Wine Watch* sabrás cómo funcionan las catas —dijo Joshua, un poco agobiado.

—No estés tan seguro —dijo ella con una sonrisa. Estaba junto a él detrás del mostrador, donde había varias botellas descorchadas y una lista de precios. Alyssa miró las etiquetas de las botellas y vio que, entre otros vinos, había un *chardonnay*. ¿Sería ese el vino del que David quería que averiguara más cosas?

De pronto, hubo un momento de tranquilidad.

—Había muchísimo movimiento y ahora está todo calmado —dijo Joshua con incredulidad.

—A lo mejor he echado a todos los clientes —bromeó ella—. ¿Cómo es que no estás casado, Joshua? O al menos comprometido. Eres un hombre atractivo —soltó.

—Gracias —sonrió él—. Nunca he encontrado a una mujer con la que quisiera compartir la vida

–esbozó una sonrisa–. Mis padres son un difícil ejemplo a seguir. Se conocieron en un baile y, desde el primer momento, supieron que estaban hechos el uno para el otro.

–¿Y esperas que te suceda lo mismo?

–Quizá.

–Quizá el amor que comparten ha ido surgiendo durante los años.

–Siempre se han querido. Nunca ha habido otra persona para ninguno de ellos.

–Espero que encuentres el amor verdadero que estás buscando.

Él se encogió de hombros.

–No lo estoy buscando, pero lo encontraré. Lo reconoceré y lo aceptaré. Entre tanto, no me conformaré con menos.

–¿No te sientes solo?

–No. Salgo con mujeres. Tengo amigos…

–Y familia.

–Sí, mi familia es muy importante para mí.

–Y tus empleados…

–Saxon's Folly es más que un lugar de trabajo, más que una bodega, es un hogar.

–Si algún día te casas, a tu esposa tendrá que gustarle mucho este lugar.

–Lo llevo en la sangre –dijo él.

–¿Y Caitlyn?

Él pestañeó al oír su pregunta.

–¿Qué pasa con Caitlyn?

–¿Alguna vez has salido con ella?

–¿Qué te hace pensar eso?

–Formaríais una pareja clásica. El propietario y la empleada.

–Caitlyn me cae bien. Es inteligente y una buena vinicultora, pero no hay química entre nosotros.

No pudo evitar sentirse aliviada. Joshua se inclinó hacia ella.

–Ahí viene tu primer cliente. ¿Estás preparada?

Alyssa levantó la vista y vio que entraban tres mujeres y dos hombres de unos veintitantos años. Los recibió con una sonrisa y esperó a que se acomodaran en los taburetes que había al otro lado del mostrador.

–¿Qué les gustaría probar? –colocó cinco copas de cata frente a ellos.

Una mujer y los dos hombres eligieron el *cabernet merlot*, las otras dos mujeres permanecieron indecisas. Alyssa sirvió el vino tinto en las tres copas y esperó.

–Yo probaré el *semillon* –dijo una de las mujeres que estaban indecisas.

–Y para mí un *sav blanc*, por favor –dijo la otra.

–Huele a grosella negra –dijo uno de los hombres, olisqueando el vino.

Los otros se rieron.

–No está equivocado –dijo Joshua.

–¿Y el sav sabe a pomelo? –preguntó una de las mujeres, coqueteando con Joshua.

Alyssa no pudo evitar sentirse molesta.

–El *sauvignon blanc* de Saxon's Folly es conocido por su sabor afrutado. A melocotón o nectarina –Alyssa le sirvió un poco más de vino.

–Puede decirme la diferencia entre un *sauvignon blanc* y un *chardonnay* –preguntó uno de los hombres.

–Sí –Alyssa sacó dos copas limpias y sirvió un poco de cada vino en ellas–. El *chardonnay* tiene un ligero sabor a roble. Ha fermentado en la barrica, no en la botella. El *sauvignon blanc* es más afrutado. Pruébelos.

–¿Puedo probarlos yo también? –preguntó una de las mujeres.

–Claro –Alyssa repitió el ritual para ella.

–Noto un ligero sabor a melocotón –dijo la mujer.

Joshua le había dicho que sabía a melocotón el día que la beso en la colina. Alyssa se estremeció. Lo miró de reojo y vio que él la miraba fijamente.

Un fuerte deseo se le instaló en el vientre.

–El sabor afrutado es muy específico de esta zona, sin embargo, el vino de Marlborough tiene un ligero sabor a grosella espinosa.

–¿Puede notar las diferencias entre el mismo tipo de vino?

–¿Se refiere al vino de distintos productores?

El hombre asintió.

–Eso se llama cata horizontal. En Saxon's Folly hacemos *sauvignon blanc* y, mi hermano, en su bodega, que está en lo alto de la colina, también. Son diferentes. Él es un buen vinicultor, pero también Caitlyn Ross, nuestra vinicultora.

–¿Aquí hace el vino una mujer? –preguntó un hombre, asombrado.

–Y muy buen vino –dijo Alyssa.

–Qué va a decir usted si trabaja aquí…

–En realidad soy periodista…

–Yo la conozco –dijo el hombre alto–. Es Alyssa Blake, también escribe una columna en el periódico del domingo. Y la he visto en la televisión. ¿Qué le parece el vino de aquí?

Alyssa sonrió, percatándose de que Joshua estaba cada vez más tenso. ¿De veras pensaba que podía decir algo que pudiera ser perjudicial para Saxon's Folly?

–Pruébelo y deme su opinión –contestó ella, y le entregó una copa.

El grupo se marchó después de comprar tres cajas de vino y Alyssa suspiró aliviada.

–¿Te ha parecido difícil? –preguntó Joshua.

–Digamos que no ha sido tan fácil como pensaba –lo miró–. ¿Es cierto que puedes notar la diferencia entre tus vinos y los que fabrica Heath?

Joshua asintió.

–¿Y supongo que también puedes notar la diferencia entre las distintas cosechas de Saxon's Folly?

–Eso es pan comido.

–Y ahora dime que las muestras que entregaste para el concurso de Golden Harvest Wine Awards saben igual que las botellas del mismo vino destinadas a la venta en supermercados…

Joshua se quedó de piedra.

–¿Intentas tenderme una emboscada? –preguntó.

Alyssa se negaba a sentirse intimidada. Joshua alardeaba de lo honrado que era y ella tenía derecho a saber si aquello era verdad. Sin embargo, no estaba segura de lo que haría si descubriera que todo era mentira. No quería herir a Kay y a Phillip Saxon, ni a sus hijos. Y menos mientras estaban llorando la muerte de Roland. Además, no soportaría descubrir que Joshua no era un hombre honrado.

Le sorprendía lo mucho que necesitaba creer que él era tan auténtico y real como las colinas que rodeaban el viñedo que tanto adoraba. Le dolía pensar en lo que podía descubrir...

–No –dijo ella por fin–. Solo intento averiguar si es cierto el rumor de que el *chardonnay* que Saxon's Folly llevó para la cata del concurso era mucho mejor que el que se encuentra a la venta en las tiendas.

–Así que por eso te colaste en el baile.

Desde un principio, Joshua había sospechado que Alyssa tenía un plan. Una amarga sensación de decepción empañó el respeto y el cariño que había empezado a sentir por ella.

Apoyó un codo sobre el mostrador y se volvió para mirarla.

–Y por eso embaucaste a mi madre para que te invitara a quedarte en Saxon's Folly.

–Ya te lo dije, tu madre me invitó porque quiso.

–Ya –dijo con sarcasmo e incredulidad.

–Sinceramente, no me había enterado de todo esto hasta hace poco. Y he dicho que no voy a escribir un artículo para *Wine Watch*.

–¿Se supone que debo creerte?

–Sí –dijo ella.

Joshua no estaba dispuesto a dejarse engañar por la mirada de sus ojos azules y su comportamiento inocente. Ella lo sabía antes. Y él había estado a punto de dejarse embaucar. Alyssa Blake no desaprovecharía la oportunidad de hacer un artículo como ese.

De pronto se le ocurrió que quizá Roland le había contado algo, conversando con ella después de haber disfrutado de un rato de sexo salvaje.

Al sentir que la rabia se apoderaba de él, Joshua se puso en pie.

Alyssa no se movió.

Roland sabía que había una nube negra merodeando sobre uno de los mejores vinos de Saxon's Folly. Tan pronto como Joshua se había enterado de que existía la posibilidad de que hubiera un problema con el vino que habían llevado al concurso, se lo había dicho a Roland. La conversación había tenido lugar unos días antes del baile. Él quería retirar el vino del concurso, pero Roland le había asegurado que no tenía por qué preocuparse, que la muestra que habían llevado al concurso era uniforme y que no había peligro de que les hicieran una publicidad desfavorable.

¿Le habría hablado a su amante de ese fiasco? Joshua no quería creer que Roland podía haberle contado algo tan confidencial a una crítica de enología que ya había atacado a Saxon's Folly en el pasado. Joshua la miró fijamente, pero su mirada y su sonrisa no desvelaban nada.

¿Era posible que Alyssa se hubiera enterado de otro modo? ¿Mediante los organizadores del concurso? Era poco probable.

Roland debía de habérselo dicho. Al fin y al cabo, su hermano nunca había sido capaz de resistirse ante un rostro bonito.

Joshua la observó con detenimiento. Tenía el cabello pelirrojo y la mirada de sus ojos prometía una serie de placeres sensuales incalculable. Sin duda tenía un rostro bonito. Después se fijó en sus piernas largas y en cómo el top que llevaba le resaltaba la curva generosa de los senos. Alyssa Blake era la mujer más sexy que había visto en mucho tiempo. Y podía ser letal. Entornó los ojos. Nunca había deseado a nadie de esa manera. ¿Y por qué la deseaba a ella?

De todos modos, a pesar de que ella sabía que había habido un problema con el vino del concurso, no parecía que supiera mucho más, ya que si no, no estaría allí buscando información para un artículo.

Un artículo que ella insistía en que no iba a escribir.

Quizá todavía estaba a tiempo de evitar los daños. Joshua sonrió y dijo:

–Siempre hay variaciones en las remesas, solo las bodegas pequeñas que producen poca cantidad pueden garantizar que todas las botellas tengan el mismo sabor. Nosotros embotellamos miles de cajas de *chardonnay*. Tiene que haber una pequeña diferencia...

–No estoy hablando de una pequeña diferencia. Estoy hablando de una gran diferencia, lo suficiente como para que parezcan dos vinos totalmente distintos. No me tomes por idiota.

–Lo que sugieres no es posible. Cuando tenemos una remesa que sale mucho mejor la embotellamos como reserva. ¿Para qué vamos a fingir que es el mismo vino? Sobre todo cuando podemos venderla a un precio mucho más alto.

–¿Para conseguir un premio? ¿Para atraer al público y que vaya a comprar un vino galardonado cuando, en realidad, lo que obtendrá es un vino de calidad inferior a lo que esperan? Claro que nunca se enterarían.

–Jamás haríamos tal cosa.

–Quizá debería preguntárselo a Caitlyn, puesto que es ella la que hace el vino –Alyssa se volvió.

–No es necesario. El jefe soy yo. Hablo en nombre de Saxon's Folly. No realizamos ninguna práctica cuestionable para engañar al consumidor. Puedes calcar mis palabras en ese maldito artículo.

En ese momento entró otro grupo de clientes.

–Tenemos compañía. Será mejor que te comportes –dijo él–. Te marchas mañana. No pases por la bodega ni intentes entrevistar a mis empleados sin que yo esté presente.

Ella lo miró por encima del hombro.

–No tengo intención de escribir ese artículo. Me siento demasiado cerca de… todo esto.

En lugar de sentirse aliviado, Joshua se sintió molesto. Y cuando Alyssa puso aquella sonrisa que provocaba que su cuerpo reaccionara se sintió más molesto todavía, puesto que ni siquiera iba dirigida a él, sino al grupo de clientes.

El lunes por la mañana Alyssa despertó angustiada por la idea de tener que marcharse de Saxon's Folly ese mismo día. Todavía le quedaban muchas cosas por descubrir sobre Roland. La nostalgia se apoderó de ella mientras avanzaba hacia los establos con Joshua callado a su lado.

Momentos después, mientras Joshua ensillaba los caballos, Alyssa se sintió emocionada con la idea de ir a visitar un lugar que Roland adoraba.

Tendría la oportunidad de despedirse de él. Así podría dejarlo descansar. Deseaba contarles la verdad a todos los hermanos de la familia Saxon. Se había encariñado con ellos. Miró a Joshua mientras tensaba la silla. Con él sentía un vínculo más profundo. Lo último que deseaba era marcharse y que él se quedara con la idea equivocada de su relación con Roland, pero no podía romper su promesa.

Joshua guio a Breeze hacia ella.

—Ven, te ayudaré a subir.

Ella se acercó a la yegua.

—Dobla la pierna.

Alyssa obedeció y Joshua la levantó en el aire para subirla en la silla. Le dio las riendas y le ajustó los estribos.

Al notar que le rozaba el interior de la pierna sintió que una ola de calor la invadía por dentro. Se le entrecortó la respiración.

–¿Qué tal vas? –ella lo miró y se puso de pie en los estribos–. Insegura. Hace mucho tiempo que no me subo a un caballo.

Joshua echó la cabeza hacia atrás y la miró fijamente. Al ver sus ojos negros, a Alyssa le dio un vuelco el corazón.

–¿Y las riendas están a la misma medida?

–Lo estarán –dijo ella, recolocándolas.

–Muy bien –dijo él, y se subió en su caballo. Con un leve movimiento, animó al animal para que empezara andar. Se notaba que llevaba toda la vida montando.

Una hora más tarde llegaron a una senda estrecha y rodeada de arbustos. Avanzaban en fila y Joshua abría camino.

Alyssa miró a su alrededor con interés. Roland había pasado por el mismo camino y bajo los mismos árboles.

–¿Queda mucho? –preguntó ella.

–No, ya casi hemos llegado –dijo Joshua.

Al cabo de unos minutos llegaron a una pronunciada cuesta abajo y a Alyssa se le formó un nudo en la garganta.

–¡Yo no puedo bajar por ahí!

–Sí, puedes. Confía en ti. Échate un poquito hacia atrás, agárrate a la silla e intenta relajarte. Sígueme. Puedes hacerlo.

Él ya había empezado a bajar. Alyssa aflojó las

riendas una pizca y se agarró a la silla. Breeze estiró el cuello, bajó la cabeza y comenzó a bajar.

Cuando llegaron a la base de la cuesta, ella gritó:

–¡Lo he conseguido!

Joshua la estaba esperando con una sonrisa.

–Claro que lo has conseguido. ¿Creías que iba a dejar que te hicieras daño?

Al oír sus palabras, Alyssa no pudo evitar recordar que el jefe era él y que siempre cargaba con toda la responsabilidad de cuidar a los demás.

–¿Nunca te apetece compartir la carga con alguien?

–¿Qué carga? –preguntó asombrado.

–La de cuidar de todos los de tu alrededor. Debe de ser agotador.

–No tanto. Me gusta ver cómo la gente avanza y consigue cosas que creía imposibles –miró hacia la pendiente–. Tal y como has hecho tú –giró al caballo y avanzó hacia delante.

Eso era lo que lo convertía en un buen jefe. Ella lo había observado mientras trabajaba en la bodega y se había percatado de que tenía la habilidad de animar a la gente a probar cosas nuevas, para que se esforzaran por hacer algo lo mejor posible. Alyssa estaba tan concentrada pensando en Joshua que tardó un instante en ver la catarata a la que se aproximaban.

El agua se deslizaba con fuerza por una roca hasta llegar a una pequeña poza.

Roland debía de haber pasado horas allí. Era

un lugar perfecto para nadar en verano. Breeze se detuvo junto al caballo de Joshua.

–No he traído nada para bañarme –dijo Alyssa.

–El agua está helada en esta época. Dentro de un mes estará más templada. Podemos comer en lugar de bañarnos. Podemos comer junto a la catarata.

–¿Has traído comida?

–Sí, la ha cocinado Ivy.

Joshua tenía controlado hasta el último detalle.

La ayudó a bajar del caballo agarrándola por la cintura y ella tuvo que esforzarse para no estremecerse. Se sentó en un montículo de hierba junto al agua. Desde allí, la vista de la catarata era espectacular.

–Es maravilloso. Entiendo por qué a Roland le encantaba este lugar.

Joshua se sentó junto a ella y comenzó a abrir la alforja que llevaba.

–No era la belleza del lugar lo que Roland apreciaba, sino el peligro que el lugar representaba.

–¿Peligro? –Alyssa lo miró–. ¿Por qué?

–¿Ves esas rocas? –señaló hacia un lateral de la cascada–. A Roland le encantaba retar a sus amigos para tirarse desde allí al agua.

A Alyssa se le encogió el corazón al ver la altura que tenía la caída.

–¿Estaba loco?

–Le encantaba tener una subida de adrenalina. Nunca sentía miedo.

–¿Y nadie salió herido en alguna ocasión?

Joshua asintió.

–Un amigo de Roland se resbaló y se rompió una pierna al subir. Por supuesto, sus padres nunca conocieron la verdadera historia. Y yo me hice una brecha en la cabeza al caer en la poza en mala posición.

Alyssa tragó saliva.

–Veo que eras igual de inconsciente que él.

–Lo hice para detener a Heath. Roland insistía en que Heath no podría hacerlo, en que era demasiado gallina para tirarse. Yo ocupé el puesto de Heath. Y si no me hubiera herido, Heath se habría tirado casi seguro porque estaba muy enfadado. Así que mi acto de nobleza no habría servido para nada. Ya ves, las delicias de tener dieciséis años y estar impaciente por convertirte en un hombre.

Y el hombre había salido tan responsable como aquel joven trataba de ser. Lo miró de reojo. Estaba muy atractivo.

Alyssa recordaba que Kay había dicho que nunca se había enterado de cómo se había herido. Así que nunca había delatado a su hermano. Ella no estaba segura de si ese gesto de lealtad era absurdo o admirable.

–Toma, cómete un sándwich –le dio una bolsa de papel.

–Gracias –dijo ella. Estaba delicioso.

Joshua sacó una botella de *pinot gris* y sirvió dos copas. Alyssa bebió un sorbo.

–Muy bueno –comentó mirando la etiqueta. No sabía que en Saxon's Folly se producía *pinot gris*.

–No en grandes cantidades –dijo Joshua–. Y para complementar el buen vino... –metió la mano en la alforja y sacó un cestillo de fresas y un bote de salsa de chocolate.

–Uy, esto es excesivo –dijo ella.

–Prueba esto –le ofreció una fresa bañada en chocolate.

Ella la aceptó y mordió un pedazo. Al ver que el jugo caía por sus dedos, se los chupó riéndose.

–Vaya, están muy jugosas.

Él no dijo nada.

Ella se fijó en la penetrante mirada de sus ojos negros.

–¿Joshua? –susurró, y sintió que los pezones se le ponían turgentes mientras se le humedecía la entrepierna.

–Eres la mujer más provocativa que he conocido nunca.

–¿Qué he hecho? –preguntó, pero lo supo enseguida. El fuego que había en su mirada era inconfundible.

Lo había excitado.

–Has mordido la fresa –dijo él con voz entrecortada.

Sus palabras la hicieron estremecer. Deseaba sentir otra vez aquel intenso calor y la maravillosa excitación que le inundaba el cuerpo.

Agarró una fresa, la mojó en la salsa de chocolate y se la ofreció a Joshua:

–Te toca –le dijo con el corazón acelerado.

–Sí –dijo él–. Me toca.

***

El ofrecimiento de Alyssa provocó que Joshua se excitara. Inclinó la cabeza y mordió la fresa que ella sujetaba. Al instante, reconoció cuatro sabores diferentes en su boca: la suculencia de la fresa, la dulzura del chocolate, la complejidad del *pinot gris*, y el inconfundible sabor especiado del deseo. Masticó despacio, tragó y levantó la cabeza.

Sonrojada, Alyssa se apresuró para comerse el resto de la fresa. Sus miradas se encontraron. Joshua suspiró y se inclinó hacia delante.

Su boca cubrió la de ella. Sabía a fruta y a vino. Gimió mientras acariciaba el interior de su boca, sellándole los labios con los suyos para que no escapara ni una pizca de su dulzura.

Se separó de ella al cabo de un momento, la sujetó por la barbilla y le preguntó:

–¿Te ha gustado?

Ella asintió.

–Dime que quieres más.

Ella dudó un instante y dijo:

–Quiero más.

Un sentimiento de satisfacción se apoderó de él. Lo había acompañado para eso. Y no le estaba poniendo ninguna objeción. Al instante, Joshua deseó besarla. Y saciar el deseo que sentía por ella. ¿Qué es lo que pasaba con aquella mujer? Con una mirada y un par de palabras había conseguido que olvidara sus precauciones habituales. Había tenido novias… amantes… mujeres con las que había podido mantener cierta distancia mientras esperaba a la adecuada. Sin embargo, nunca había deseado a ninguna tanto como a Alyssa.

¿Y por qué ella? Esa mujer nunca podía ser adecuada para él.

Había sido la amante de su hermano…

Alyssa Blake, la mujer que lo había humillado en un artículo, comprometiendo su reputación y los beneficios de Saxon's Folly. Y que volvería a hacerlo en un abrir y cerrar de ojos.

Trató de calmarse diciéndose que tenía controladas las emociones, que podía controlar el deseo igual que controlaba el viñedo, que podía disfrutar con ella y verla marchar después sin arrepentimiento.

Y estuvo a punto de creérselo.

–Así que quieres más –sonrió y vio que a ella se le aceleraba la respiración. Agarró otra fresa y notó que le cambiaba el color de los ojos. Evidentemente, ella pensaba que iba a besarla.

–No, preciosa –susurró él–, vamos a ir muy despacio con todo esto.

Se percató de que una ligera expresión de temor ensombrecía el rostro de Alyssa. Eso era lo que más le preocupaba de ella. Nunca sabía lo que estaba pensando. Ni siquiera había averiguado por qué se había colado en el baile de máscaras.

¿Por qué había ido a Saxon's Folly? ¿Para arreglar su relación con Roland? Y si era eso, ¿por qué diablos había permitido que la besara esa noche?

Si Heath no los hubiera interrumpido habrían hecho el amor.

¿Para vengarse? ¿Porque Roland no había hecho lo que ella quería? Joshua no podía olvidar la manera en que ella lo había besado. ¿Cómo podía querer recuperar a Roland y, sin embargo, haberlo besado a él con tanto abandono?

¿Era posible que hubiera ido al baile con intención de seducirlo, confiando en conseguir información para el artículo que iba a escribir? El artículo que ella negaba que iba a escribir.

Joshua tenía la cabeza a punto de estallar. Al ver que ella separaba los labios, él acercó la mano a su boca para ofrecerle la fresa. Cuando ella cubrió la fresa con los labios, él sufrió una erección.

¿Y por qué diablos dudaba tanto? Estaban muy cerca y él estaba dispuesto a dejarse seducir. La deseaba. En esos momentos no le importaba si se arrepentiría más tarde, cuando ella ya se hubiera marchado.

La deseaba. Y la poseería.

–¿Está buena?

Ella asintió y pasó la lengua por los dedos de Joshua para chupar el jugo de la fresa.

Fue suficiente. Joshua lo interpretó como un consentimiento. La agarró por la cintura y la atrajo hacia sí para sentarla sobre su regazo. La besó con delicadeza y, al ver cómo reaccionaba su cuerpo, supo que pensaría en Alyssa Blake durante mucho tiempo después de que ella regresara a Auckland.

Trató de convencerse de que lo mejor era que se marchara. Pero su cuerpo no estaba de acuerdo.

Ella se retorció entre sus brazos y él le levantó la camiseta para acariciarle el vientre. La besó de manera apasionada para tratar de calmar el fuerte deseo que se apoderaba de él y que amenazaba con destruir todas sus creencias sobre el sexo, el deseo y el amor.

Ella no dudó ni un momento y respondió ante su beso con la misma intensidad y la misma intención. Hacer el amor y no preocuparse del mañana.

Sin soltarla, Joshua se giró y se tumbó sobre la hierba con Alyssa encima. Comenzó a acariciarle la espalda y se percató de que la atracción que había tratado de evitar se había hecho fuerte y poderosa. Más de lo que nunca había experimentado.

Tenía que poseerla. Solo una vez. Antes de que se marchara de Saxon's Folly.

Entre los brazos de Joshua, Alyssa se sentía segura y mimada. Él le quitó la camiseta y metió la mano bajo el sujetador para acariciarle el pecho.

–Ahh –suspiró ella y apoyó la cabeza en su hombro.

Con la otra mano, Joshua le desabrochó el sujetador mientras la acariciaba. Inclinó la cabeza y le cubrió uno de los senos con la boca. Le mordisqueó un pezón, y después el otro. Ella gimió de nuevo y él llevó una mano hasta la cinturilla de sus pantalones vaqueros.

Alyssa empezó a jadear y cerró los ojos. Él le acarició la entrepierna, húmeda por el deseo. Entonces, la tumbó en el suelo y se colocó sobre ella. Alyssa continuó con los ojos cerrados, disfrutando de sus caricias.

—Eres muy suave y estás ardiendo —susurró él contra su vientre desnudo.

La acarició de nuevo y ella oyó el sonido de una cremallera.

Alyssa abrió los ojos.

—¿Qué estamos haciendo? —preguntó ella.

—¿No era esto lo que querías? —preguntó con una sonrisa sensual.

—¿Qué? —preguntó asombrada.

Quizá fuera lo que deseaba, pero ni siquiera lo había reconocido. ¿Cómo diablos lo sabía Joshua?

—Para eso has venido aquí conmigo, para que estemos solos.

—Tú... ella se retiró de su lado y se bajó la camiseta, decepcionada. Necesitaba cubrirse.

—No seas tímida. Somos adultos. Admito que es muy excitante que te seduzca una mujer que sabe lo que quiere.

—¿Que sabe lo que quiere? —Alyssa lo miró.

Había sido una idiota. ¿Cómo podía haberse confundido tanto?

—Quería venir porque Megan dijo que este lugar era uno de los favoritos de Roland.

—Roland...

—Sí, Roland —dijo ella, mirándolo a los ojos.

Él soltó una carcajada sarcástica.

–Pensé que querías algo de mí.

–¿Y qué podía querer de ti que involucrara venir aquí contigo y tener sexo?

–Algo que deseas bastante como para comerte las fresas de mi mano mientras me prometías maravillas con la mirada.

Alyssa se sonrojó pero continuó mirándolo.

–Algo lo suficientemente importante como para olvidarte de tu amante.

–¿Y qué es lo que se supone que tanto deseo?

–El gran artículo. La confirmación de que mentimos a nuestros clientes.

–¡Por favor! Te he dicho que no voy a escribir ese artículo.

–Entonces, si has venido hasta aquí solo por Roland, ¿por qué me has besado de esa manera tan convincente?

Alyssa tragó saliva. ¿Qué se suponía que debía contestar?

–¿Por pena? –dijo al fin.

–¿Pena? –preguntó perplejo.

–Sí. La pena provoca que la gente haga cosas extrañas. Cada uno reacciona de manera diferente. Al llegar aquí… –señaló hacia la catarata–, y ponerme a pensar en Roland, me he descolocado. Me voy hoy. No volveré a verte nunca más. No pensé que fuera a importarte. Quiero decir, los hombres no le dais tanta importancia al sexo como las mujeres… –dejó de hablar al ver que la mirada de Joshua se llenaba de rabia.

–¿Creías que no me importaría? Supongo que

no debería importarme tener la mala suerte de ser la víctima del ataque de pena que ha sufrido la amante de mi hermano.

Alyssa no pudo encontrar respuesta para eso.

Por suerte, iba a marcharse de allí. Y menos mal que no había aceptado hacer el artículo que David quería que hiciera. Si se quedara más tiempo correría el peligro de hacer algo increíblemente estúpido, como enamorarse de Joshua Saxon.

Capítulo Seis

Se dirigieron a casa en silencio. Durante el trayecto, Alyssa miró a Joshua de reojo y supo que nunca podría recordar aquel lugar sin pensar en el hombre alto que iba a su lado.

Una vez cerca de los establos, oyeron un gran revuelo.

–¿Qué diablos…? –dijo Joshua al ver que un semental negro corría de un lado al otro de la valla relinchando y que en el pasto de al lado los caballos también estaban alborotados. Puso a trotar al caballo.

Alyssa lo siguió más despacio.

El caballo negro se detuvo en la puerta del cercado y relinchó con fuerza. Fue entonces cuando Alyssa vio a dos jóvenes en el prado, medio escondidos detrás de un roble.

–¡Eh! –gritó Joshua.

Los chicos salieron corriendo, desapareciendo detrás de los establos. Al instante, se oyó el ruido de una motocicleta a toda velocidad.

–¡Cuidado! –exclamó Joshua, pero demasiado tarde.

El semental saltó la valla del cercado y corría hacia ellos. Breeze estaba paralizada y Alyssa se agarró con fuerza a su crin. El semental la esquivó en el último momento, pero la yegua se asustó y se echó a un lado con brusquedad, lanzando a Alyssa por los aires.

–Suelta las riendas –gritó Joshua.

Alyssa obedeció y cayó contra el suelo con fuerza. Gritó de dolor, sintiéndose aterrorizada al ver que le costaba respirar.

–No te muevas.

Joshua se agachó a su lado y ella percibió preocupación en su mirada.

Alyssa intentó hablar.

–Shh. No hables. Te cuesta respirar.

Momentos más tarde, un sonido agónico escapó de su garganta.

–¿Te duele la cabeza?

–La espalda –contestó como pudo.

Joshua se puso pálido.

–No te muevas. Voy a llamar a una ambulancia.

Cuando terminaron de hacerle el reconocimiento médico a Alyssa en la sala de urgencias, Joshua se acercó a verla.

–¿Cómo te encuentras? –preguntó él.

–Dolorida –dijo.

–Te van a operar la mano. ¿Quieres que llame a alguien? A tu familia o a tus amigos, para contarles lo que ha sucedido.

Eso reflejaba lo solitaria que era su vida. La única persona a la que se le ocurría que tenía que llamar era a su jefe. Pero David podía esperar hasta que saliera de la operación.

Afortunadamente, les habían confirmado que no se había hecho daño en la columna, pero se había dañado los ligamentos de la mano y roto el dedo pulgar. El médico había dicho que tendrían que operarla.

Y no tenía a nadie que fuera a dejarlo todo para ir a sujetarle la mano. Se le escapó una lágrima. Volvió la cabeza para que Joshua no la viera. El silencio se alargó mientras él esperaba su respuesta.

–¿A nadie?

Ella negó con la cabeza.

–Mi padre vive en Australia con su nueva esposa y sus hijos –murmuró–. Se ha tomado en serio la jubilación –forzó una sonrisa.

–Siento que estés sola –dijo Joshua, acordándose de que era hija única y que su madre había muerto.

–¿Y tus amigas? ¿Puedo llamar a alguien?

–Tienen su propia vida… Familia, hijos…

Joshua vio que se le nublaba la mirada con una extraña expresión. ¿Dolor? ¿Soledad? ¿Vulnerabilidad? La miró de nuevo, pero ella ya había cerrado los ojos.

–Estoy cansada –susurró.

Y Joshua se amonestó en silencio por interrogarla cuando menos lo necesitaba.

–Descansa. No debe de faltar mucho hasta que te operen.

Joshua esperó a que terminara la operación y el

cirujano le dijera que había sido un éxito. Después, una vez en la habitación, esperó a que despertara de los analgésicos.

–Mi jefe se va a enfadar. Tendré que tomarme más tiempo libre –lo miró con los ojos semicerrados y retiró la colcha una pizca, dejando al descubierto el camisón blanco del hospital.

Joshua notó que su cuerpo reaccionaba al instante. Aquella mujer estaba herida, medicada, y había sido capaz de excitarlo con una sola mirada. Se puso serio.

–No temas, no voy a quedarme en Saxon's Folly –murmuró ella.

–Sí, te quedaras aquí. Yo soy el jefe, ¿recuerdas?

–¿Creía que estabas deseando deshacerte de mí?

–Yo también –bromeó él, pero ella no se rio.

–¿Ya no te preocupa que pueda causar problemas con tu madre y con Amy?

–Te encerraré en tu habitación, así que no podrás ver a Amy –sonrió–. Y por algún motivo, parece que a mi madre le está sentando muy bien tu presencia. Todo lo que dice empieza por Alyssa cree que…. Te quedarás en Saxon's Folly.

–¿Consideras que lo que ha sucedido es culpa tuya?

–Sí –arqueó una ceja y añadió con humor–: Y porque no confío en ti lo bastante como para que no vayas corriendo a denunciarnos. Considera mi invitación como un intento de ahorrarme los costes legales.

Con eso consiguió hacerla sonreír.

–Está bien, no tengo elección. Pero no me acuses de intentar seducirte. Gracias, Joshua.

–Un placer.

Alyssa se despertó al sentir que la luz de la mañana se filtraba por las persianas medio cerradas. Comenzó a incorporarse, pero un movimiento dentro de la habitación la sobresaltó.

Joshua se levantó de la butaca.

–Deja que te ayude.

–Gracias –se inclinó hacia delante.

Él la agarró y le colocó una almohada detrás de la espalda.

–No me digas que has estado despierto toda la noche.

Él asintió.

–Deberías haberte ido a casa. Esa butaca tiene que ser muy incómoda. ¿Has podido dormir algo?

–No mucho. Tengo demasiadas cosas en la cabeza.

–¿Qué es lo que piensas?

Él la miro fijamente.

–Una vez me dijiste que querías mucho a mi hermano.

Alyssa tragó saliva sin saber qué debía contestar. Al final, asintió sin más.

–Sin embargo, dejaste que te besara –le acarició los labios–. Aquí. Y aquí –rozó su cuello.

–¡Joshua! –lo miró asombrada.

Él retiró la mano.

–Me gustaría pensar que si amabas a Roland no habrías respondido ante mí de esa manera.

–Lo quería –dijo ella, sin poder mirar a Joshua a los ojos.

Él la sujetó por la barbilla para que lo mirara.

–¿Alguna vez te acostaste con Roland?

A Alyssa se le aceleró el corazón y tragó con nerviosismo.

–¿Qué clase de pregunta es esa?

–Respóndeme.

Ella negó con la cabeza.

–Vamos avanzando. No podía creer que fueras capaz de acostarte con un hombre y que justo después de su muerte respondieras ante mis besos como lo hiciste en la cascada. Y menos si realmente lo amabas. Ni siquiera a causa de la pena.

Ella lo miró y decidió permanecer en silencio.

–¿Qué dices acerca de eso?

Alyssa pensó en la promesa que le había hecho a Kay y volvió a negar con la cabeza.

–¿Sabes lo que creo? Ni siquiera creo que quisieras que rompiera su compromiso con Amy. Ni que esperaras que se marchara contigo. Porque después de lo de ayer, ya no creo que lo quisieras.

–Sí, lo quería.

Después de un largo silencio, Joshua añadió:

–Llegaré al fondo de todo esto.

–La respuesta la tienes delante de tus ojos.

–¿Qué quieres decir?

–¡No puedo decírtelo!

–¿Por qué no?

Se estremeció y se cubrió el rostro con las manos.

–No puedo.

–Delante de mis ojos –repitió él–. Es algo que tiene que ver contigo.

Ella permaneció quieta, sin mirarlo.

Joshua le agarró las manos con cuidado de no hacerle daño.

–Ayúdame con esto –le suplicó.

–No puedo ayudarte. Ya he hablado demasiado.

–¿Y qué es lo que tanto te preocupa?

–Ya basta. No me hagas más preguntas –cerró los ojos, y cuando notó que él le ponía las manos en el vientre los abrió de nuevo–. ¿Qué haces?

Joshua no contestó.

–No puedes estar embarazada de Roland. No, si nunca hiciste el amor con él. Así que no es eso. Tampoco tienes ninguna enfermedad grave, al menos no la has mencionado cuando te registraste en el hospital.

Durante unos minutos la observó de cerca y se fijó en algo en lo que nunca había pensado antes.

–¿Sabes una cosa? Tienes cierto parecido a Roland. No me había dado cuenta antes porque no estaba pendiente.

–Eso es ridículo –dijo ella, tratando de quitarle importancia.

–Tu cabello es pelirrojo, aunque un poco más oscuro que el de Roland. Tus ojos son azules oscuros, como los de él –le acarició la mejilla–. Tu piel no es pálida, y no tienes pecas. Roland tampoco, a pesar de que era pelirrojo –arqueó una ceja–. Me gustaría saber por qué crees que no puedes decirme la verdad, Alyssa.

–He hecho una promesa.

–¿A quién?

–¡No importa!

–Creo que sí. ¿Somos primos? ¿Estoy en lo cierto?

–No voy a hablar de esto –se dio la vuelta en la cama, de espaldas a él.

De pronto, a Joshua se le aceleró el corazón.

–Cuando éramos pequeños, solíamos hacer rabiar a Roland diciendo que nuestros padres lo habían encontrado.No he pensado en ello desde hace años, pero ahora empiezo a pensar que...

–No –se volvió y lo miró aterrorizada–. No te hagas preguntas. Él era tu hermano.

–¿Y cuál era tú relación con él, Alyssa?

–¡No puedo decírtelo!

–O sea que sí teníais una relación de sangre. ¿Hermanos?

Tenía que ser eso... No podía ser otra cosa.

–Vete, por favor –susurró ella con los ojos cerrados.

–Eso significaría que Roland era adoptado –hizo un pausa. Eso no cambiaba nada. Roland seguía siendo su hermano, y siempre lo sería, pero ¿por qué no se lo habían contado? Joshua se quedó pensativo–. Evidentemente, mis padres lo saben. ¿Les prometiste que no lo contarías?

–No querían que os enterarais.

–Lo he averiguado. Debería haberme dado cuenta de que pasaba algo con Roland. Estabas tan desesperada…

Ella sonrió con ironía.

–Por eso decidiste que yo tenía que ser la amante de Roland.

–Lo amabas.

–Pero no de esa manera.

–Era la única explicación que tenía sentido. La realidad era tan extraña que no podía ni imaginarla, hasta que me fijé bien en ti –le dedicó una pequeña sonrisa–. No has roto tu promesa, nunca me contaste nada. Sin embargo, tengo que hacerles muchas preguntas a mis padres. No diré ni una palabra. Primero tienes que recuperarte.

David Townsend, el editor de la revista *Wine Watch*, se tomó la noticia de que Alyssa tendría que retrasar su reincorporación al trabajo mucho mejor de lo que ella esperaba. Sin embargo, le dijo que tendría que pagar un precio; tendría que preparar un artículo sobre la cata del Golden Harvest Wine Award.

Sintió que se le formaba un nudo en el estómago mientras le decía que haría todo lo posible. No podía decirle que no otra vez.

El miércoles por la mañana, Alyssa tenía todo recogido cuando oyó que alguien se detenía junto a la puerta de su habitación. Era Joshua.

–He venido a llevarte a casa –dijo él.

Se refería a Saxon's Folly.

Alyssa experimentó una mezcla de alivio y culpabilidad por no tener elección a la hora de escribir el artículo, y todo ello mezclado con el ardiente deseo que Joshua le provocaba. Sabía que tenía que regresar a Auckland enseguida, antes de llegar a un punto de no retorno. Sin embargo, permitió que él llevara sus cosas y la guiara hasta el Range Rover.

Cuando llegaron a Saxon's Folly todos los estaban esperando. Kay, Phillip, Megan, Caitlyn, incluso Heath Saxon.

–Estoy bien, de veras –protestó ella mientras la acompañaban hasta el salón, donde Ivy los esperaba con una bandeja con té–. Uy, me encantaría tomar una taza de té.

–¿No deberías acostarte? –preguntó Kay.

–Después de haber estado dos noches en el hospital estoy cansada de estar en la cama.

–Puedes descansar aquí –Joshua le ofreció un diván que estaba junto a la ventana.

–Me sentiré como una inválida de la época victoriana –se quejó ella.

Kay y Caitlyn se rieron.

–Los Saxon's están decididos a mimarte, te sugiero que aceptes –dijo Caitlyn.

–¿Insinúas que debo rendirme?

Caitlyn asintió.

–Disfrútalo mientras puedas.

Alyssa se sentó en el diván y Joshua se sentó junto a ella en una butaca. Tenía que tener cuidado; sabía que sería muy fácil dejarse seducir por Joshua, sobre todo, cuando estaba demostrando ser amable y considerado con ella. Además, también se enfrentaba al encanto seductor de su maravillosa familia.

Era fundamental que recordara que Joshua nunca se iba a enamorar de ella. La consideraba una escritora de pacotilla, dispuesta a conseguir una historia a cualquier coste. Y la culpaba por haber manchado su nombre y el de Saxon's Folly. Enamorarse de Joshua solo podía partirle el corazón.

–Estoy deseando que me quiten las vendas –dijo a los presentes, tratando de no pensar más en él–. Se supone que tengo que empezar a hacer rehabilitación mañana o pasado.

–Cuéntame cuándo tienes las citas, yo te llevaré –dijo Joshua, sonriendo.

Alyssa no era capaz de mirar hacia otro lado.

–No es necesario.

Joshua le señaló la mano vendada.

–Tu coche no es automático. ¿Cómo piensas conducir?

–Llamaré a un taxi.

–Yo también puedo llevarte –se ofreció Megan.

–Gracias –contestó Alyssa con una sonrisa. De pronto, se puso seria y añadió–: No quiero ser una carga.

–No eres ninguna carga –repuso Joshua–. Ese accidente no tenía que haber sucedido.

Él la miró a los ojos y Alyssa comenzó a respirar

más deprisa. Estaba jugando con fuego e iba a quemarse. Tendría que mantenerse ocupada. El artículo para *Wine Watch* sería un buen comienzo. Pero Joshua no sabía que al final había aceptado escribirlo y, si se enteraba, no iba a estar nada contento. Sería mejor hacerle creer que estaba ocupada en otra cosa.

–¿Hay algo que pueda hacer? Estoy muy aburrida.

–Podrías ayudarme con unas notas de prensa que tengo que escribir –dijo Megan.

Joshua negó con la cabeza.

–Alyssa necesita descansar.

Su negativa resultó dolorosa para Alyssa. ¿Era porque estaba preocupado por ella? ¿O porque desconfiaba de ella? ¿Qué creía que podía hacer para dañar a Saxon's Folly? Tenía motivos para desconfiar de ella.

A la mañana siguiente, Alyssa estaba preparada para acompañar a Joshua al trabajo.

No obstante, Joshua tenía otros planes.

–Te quedarás en casa. La mano tiene que recuperarse, y también los hematomas de la espalda.

Alyssa se tumbó de nuevo en el diván. Joshua regresó varias veces durante el día para comprobar que estaba bien. Durante la semana siguiente, los Saxon se turnaron para estar con ella y mantenerla entretenida.

Megan la llevó a dos sesiones de fisioterapia. Y

Kay le pidió ayuda para crear un álbum de fotos y recuerdos de Roland. Sin embargo, ella no consiguió relajarse. Le preocupaba cómo reaccionaría Joshua cuando leyera el artículo que estaba escribiendo.

Desde que había descubierto que era hermana de Roland, las barreras que se habían interpuesto entre ellos se habían derrumbado. Ella no quería decepcionarlo y, mientras guardaba las anotaciones que había estado escribiendo, decidió que no podía seguir así. Cuando él regresó a casa esa noche, ella lo acorraló en el recibidor y le dijo:

—Tengo que hablar contigo. A solas.

Él la rodeó por los hombros y la guio hasta la terraza.

—Cuéntame qué te preocupa —le dijo.

—He aceptado hacer un artículo de investigación sobre la competición de vino —contestó ella.

Él asintió despacio.

—Colaboraré contigo y responderé a todas tus preguntas con una condición: solo podrás preguntarme a mí. No interrogarás a nadie más en Saxon's Folly.

—¿Me das tu palabra? ¿No te echarás atrás?

—¿Por qué iba a echarme atrás?

—Puede que no te guste la perspectiva que voy a darle.

—Dudo que vayas a escribir nada que pueda mancillar el nombre de Roland.

Alyssa lo miró y sus dudas desaparecieron. Joshua iba a colaborar. Respiró hondo y le comentó:

–Esto es un artículo de investigación sobre lo que se rumorea acerca de que el vino que se llevó al concurso es diferente del que se vende en las tiendas. El editor no se conformará con un artículo romántico y edulcorado.

–No puedes hacerlo sin comprometer a tu hermano. ¿No te genera un conflicto de intereses?

–No me queda más remedio que correr el riesgo. No tengo fama de ser una blanda –le advirtió.

–Si no te conociera pensaría que tratas de asustarme.

Ella puso una amplia sonrisa.

–Si hay una palabra que nunca emplearía para describirte, Joshua, sería cobarde.

–Gracias. ¿Y qué palabras utilizarías para describirme?

–Mmm, deja que piense… Desconfiado.

–No pienso perderte de vista mientras escribes ese artículo.

–Suspicaz…

–¡Eh! Te he dado permiso para que escribas el artículo… Incluso voy a colaborar –protestó él–. Ahora estoy disponible.

La guio hasta una mesa que había bajo unos árboles y Alyssa encendió la grabadora.

–No te importa que te grabe, ¿verdad? –le preguntó en tono retador.

–No me importa.

–Así no podrás acusarme de escribir cosas que no has dicho.

Joshua contestó arqueando una ceja.

–Entonces, ¿Saxon's Folly nunca engañaría a los consumidores?

Joshua eligió sus palabras con cuidado.

–Cuando uno produce la cantidad de vino que producimos nosotros, es prácticamente imposible garantizar que cada remesa será idéntica. Hablamos de vino, no de objetos. No tenemos un molde para darle forma. Es una mezcla de arte y ciencia. Se intenta sacar lo mejor de la cosecha y elaborarlo con la calidad y las características que distinguen a la bodega.

Alyssa paró el dictáfono.

–Tengo que hablar con Caitlyn para tener más puntos de vista.

–¡No!

–¿Qué daño puede hacer?

–Mucho –contestó él con arrogancia.

Alyssa suspiró y continuó con la lista de preguntas. Las respuestas que él le daba eran reveladoras. Iba a ser un gran artículo. En un momento dado, Alyssa volvió al tema central del artículo.

–Soy consciente de que puede haber diferencias sutiles entre las remesas, pero no es eso de lo que estamos hablando. El asunto es si se ha engañado al público de manera consciente. ¿Qué tienes que decir al respecto?

–Saxon's Folly nunca haría tal cosa.

–¿Nunca intentaríais ganar un premio con un vino de calidad superior y luego suministrar a las tiendas con una versión inferior?

Él negó con la cabeza.

–A propósito, no. Tal y como he dicho antes, puede haber variaciones entre las remesas, pero solo un catador experimentado podría detectar las minúsculas diferencias.

–No me refería a diferencias sutiles.

–Yo lo he probado y te aseguro que es básicamente el mismo vino, pero como estoy convencido de que no aceptarás mi palabra te ofrezco la posibilidad de hacer una cata a ciegas para que puedas probar el vino que recibió el jurado y el que está en las tiendas. Veamos si eres capaz de detectar la diferencia que dices que hay.

Alyssa no dudó un instante.

–¡Estupendo! Acepto, siempre y cuando sea el mismo vino que enviaste al concurso.

–Por supuesto –inclinó la cabeza–. Te tragarás tus palabras. Y se publicará, para que lo vea todo el mundo.

Pasara lo que pasara, contaría la verdad.

Capítulo Siete

Esa noche, Alyssa se encontró con que el salón estaba lleno de gente. Se detuvo en la puerta y vio que Joshua estaba hablando con su padre de manera un tanto alterada.

También estaban Megan, Kay y Amy. Caitlyn y Heath hablaban con un hombre que Alyssa no conocía, mientras Ivy colocaba los aperitivos en la mesa.

Alyssa se percató de que la conversación entre Joshua y Phillip había terminado con su llegada. Su instinto periodístico se activó de inmediato.

–¿Qué quieres beber? –Joshua se acercó a ella.

–Un vaso de lima con soda, por favor –y se acercó adonde estaba Caitlyn.

Heath le dedicó una sonrisa de bienvenida. Y Caitlyn dijo:

–Alyssa ¿esta tarde has conocido a Barry Johnson en la bodega?

–No hemos tenido ese placer –dijo el hombre, contestando por los dos.

–Esta tarde he estado reposando –dijo Alyssa, y levantó la mano vendada.

–Barry ha venido a investigar el rumor de que Saxon's Folly ha presentado una muestra fraudulenta a un concurso de cata de vino –dijo Megan–. No me cabe duda de que les dirás a los organizadores que eso no es más que una sarta de mentiras, Barry.

Barry sonrió y, sin referirse al tema, se preocupó por el accidente que había sufrido Alyssa.

Joshua levantó la copa y bebió un sorbo de *pinto gris*. Miró a Alyssa y no pudo evitar recordar la última vez que había probado ese vino.

En los labios de Alyssa, mezclado con fresas.

–¿Joshua? –él se sobresaltó al sentir que alguien le tocaba el hombro–. Siento haberte asustado –dijo Caitlyn, y se sentó a su lado.

–Barry me ha hecho varias preguntas.

–¿Sobre qué? –preguntó con inquietud.

–No es la primera vez que se sospecha que Saxon's Folly ha presentado muestras diferentes.

–Es mentira.

–¿Sí? –preguntó Caitlyn con preocupación–. ¿Y si Roland presentó una remesa mejor?

–No –Joshua se negaba a creer que su hermano pudiera haber hecho algo así.

–No es ilegal utilizar una remesa mejor del mismo vino.

–Pero es engañar. Todos sabemos que puede haber ciertas diferencias, pero no deben ser tan grandes como para que el vino de las tiendas sea de una calidad muy inferior.

–A Roland le gustaba ganar. Le gustaba coleccionar medallas de oro y solía decir: «El fin siempre justifica los medios».

–Eso era broma.

–¿Tú crees?

A Joshua no le gustaba la expresión del rostro de Caitlyn.

–Crees que Roland lo hizo, ¿verdad?

Ella respiró hondo.

–No quiero sacar conclusiones equivocadas, pero creo que es posible. Había remesas mejores.

–Y las utilizamos para el vino de reserva.

–¿Y si…?

¿Y si Roland había empleado el reserva para el concurso? Eso era lo que Caitlyn no se atrevía a decir. Caitlyn era una experta viticultora. Conocía la calidad de todas las remesas que producían.

–El reserva era un vino mucho mejor. Habría habido muchas diferencias.

Ella lo miró a los ojos.

–Exacto.

–No quiero…

–¿Pensar en ello? –preguntó Caitlyn–. Me temo que has de hacerlo.

–Iba a decir, que no quiero creerlo. Era mi hermano.

–Roland y tú erais muy diferentes. No reaccionabais igual. Eres muy protector, pero no siempre se puede defender lo indefendible.

–Lo sé, pero necesito pruebas. Roland está muerto. No puedo permitir que se enturbie su recuerdo –miró a sus padres, que estaban sentados en la cabecera de la mesa–. No puedo permitir que suceda, por ellos.

–Tampoco puedes responsabilizarte tú, así que, puede que no tengas elección.

Eso significaba que Alyssa tenía razón. Excepto que se había equivocado de culpable. ¿Cómo se sentiría cuando descubriera que el estafador no era el Saxon que ella odiaba, sino que había sido Roland, su hermano? ¿Lo delataría? Joshua haría lo posible por evitar el sufrimiento de Alyssa, incluso intentar que no escribiera el artículo que tanto deseaba escribir.

Una vez más, deseo no haber aceptado colaborar en esa maldita historia.

El domingo, Joshua encontró a Alyssa en la bodega, atendiendo a un grupo que se disponía a pagar.

–¿Qué haces aquí?

–Ayudar. Hoy hay mucha gente.

–Si te duele la mano, tómate un descanso.

–Sí, voy a descansar un rato –dijo, doblando la mano dolorida.

Joshua se quedó para ayudar en la bodega. No podía dejar de pensar en Alyssa, así que, en cuanto tuvo un momento, salió a buscarla.

La encontró hablando con Barry en una zona del jardín donde había olivos.

–¿De qué habláis? Parece muy interesante.

–De la cocina mediterránea. Como estamos rodeados de olivos… No temas, no voy a hablar del progreso de la investigación con una periodista

–miró el reloj–. Por cierto, tengo que hablar con Caitlyn de un asunto.

–Quizá pueda ayudarte…

–No, quédate aquí al sol con esta encantadora mujer –dijo Barry–. Caitlyn tiene los datos que quiero ver.

Joshua sonrió, consciente de que Caitlyn nunca revelaría sus sospechas. Cuando Barry se marchó, Joshua se sentó en un banco y dijo:

–Siéntate. Si tienes que hacerme más preguntas puedes aprovechar ahora.

–Ya te he preguntado todo lo que quería saber.

–¿Tienes todo lo que querías de mí? –la miró a los ojos y sintió que el deseo se apoderaba de él. Se puso en pie, levantó la mano y le acarició la nuca–. No lo creo. Me da la sensación de que quieres algo más.

Se miraron un instante y él la besó con delicadeza, saboreando su dulzura mientras le acariciaba el cabello. Al instante, comenzó a besarla de forma apasionada, lidiando contra el deseo y la frustración. Ella le colocó las manos en el torso y lo empujó con fuerza. Él se tambaleó hacia atrás. Ambos respiraban de forma acelerada.

–No, Joshua.

–Has respondido a mis besos. Me deseas.

–¿De veras? –preguntó sonrojada.

–Esto es lo que quieres. Estás ardiente de deseo, igual que yo.

–Puede que sí, pero ahora no. Todo es demasiado… Necesito mantener alejada de ti.

–¿Con todas las mentiras inconclusas que hay entre nosotros?

–Deja que termine mi artículo. Ayúdame con eso –suplicó ella.

–Acepté colaborar. ¿Qué es lo siguiente que hay que hacer? –preguntó él.

–Prometiste que podría probar los vinos –lo miró de reojo– para ver si conseguía notar la diferencia.

Él deseaba probarla a ella…

–¿Qué estás pensando? –preguntó ella con brillo en la mirada.

Él sonrió.

–Tendrás tu cata particular esta noche.

En el centro de la sala había una mesa con un mantel blanco y varias copas en fila.

–Siéntate –dijo Joshua, y sacó una silla para ella.

–¿No vas a acompañarme? –preguntó Alyssa, mirándolo con los ojos entornados.

–Enseguida.

Estaban demasiado cerca. Era abrumador.

–¿Por dónde empiezo? No veo el vino.

–No voy a arriesgarme a que veas las etiquetas –Joshua sonrió y sacó tres botellas de una caja.

–No voy a hacer trampa.

–Quiero que te fíes del olor y del sabor. De nada más –sacó un pedazo de tela blanca–. Voy a taparte los ojos.

–Pero quiero ver el vino, el color, la manera en

que la luz se mueve con el líquido –se quejó con el corazón acelerado.

Roland se colocó tras ella y le cubrió los ojos con la tela. Al atársela, le rozó la nuca y ella se estremeció. Un intenso calor la invadió por dentro, pero se esforzó para mantener la compostura.

No pensaba mostrarle qué era lo que sucedía cuando estaba a su lado.

–Toma… –le colocó una copa en la mano derecha– prueba este.

Alyssa levantó la copa e inhaló. Después dio un sorbo y se pasó el líquido por la boca antes de tragar.

–¿Cuál es el veredicto?

–Está bueno –dijo ella, cuando él le apoyó las manos en los hombros.

–¿Bueno? ¿Eso es todo lo que puedes decir? ¿Y tú te ganas la vida con palabras?

–Es un *chardonnay*. Aromático y con un toque a roble, también a miel.

Se hizo un silencio.

Joshua no se movió. Tampoco se oía el ruido de las copas contra la mesa.

–Déjame probar el siguiente –dijo Alyssa.

–Primero tienes que aclararte el paladar. Voy a darte un poco de agua mineral.

Alyssa notó que le ponía un vaso contra el labio. Bebió un sorbo, se enjuagó y tragó el agua.

–Abre la boca, Alyssa.

Obedeció y él le metió un pedazo de galleta.

–¿Preparada?

Un montón de imágenes invadieron su cabeza. Bailando con Joshua bajo la luz de la luna. El roce de sus manos sobre la espalda. Los besos que habían compartido...

Entonces, volvió a la realidad. Joshua solo se refería a la siguiente cata. Nada más.

–Estoy preparada.

Él le dio una copa y le cubrió la mano con la suya.

–Tranquila, me aseguraré de que no se te caiga encima.

Alyssa bebió un sorbo, abrumada por la situación.

–¿Qué te ha parecido este?

–No he podido apreciarlo bien, necesito dar otro sorbo –tosió para disimular–. Hay mucho polvo aquí abajo.

–No puedo decir que no lo he notado –le soltó la mano–. Cerraré la puerta. Puede que haya corriente.

Ella levantó la copa y se concentró en el vino. Olía a roble. Luego lo probó y mantuvo el líquido en la boca. Era suave, y delicado.

–¿Qué opinas?

Alyssa tragó el líquido, pero se atragantó y comenzó a toser.

Joshua le dio una palmadita en la espalda.

–¿Estás bien? –le retiró la tela.

Ella lo miró y notó que estaba preocupado.

–Estoy bien.

De pronto, la mirada de Joshua era intensa y

peligrosa. A Alyssa se le aceleró el corazón. Se colocó la tela sobre los ojos otra vez y se comió una galleta.

–Dame la siguiente copa.

–No me has dicho lo que opinas del vino.

–Es un *chardonnay*.

–¿De la misma cosecha que el anterior?

–Creo que no. Diría que es de una cosecha anterior. Es mejor que el de la última cata.

Él permaneció en silencio.

–¿Estoy en lo cierto?

–No voy a contestar ninguna pregunta hasta después.

–Estoy segura de que tengo razón –Alyssa comenzó a relajarse–, aunque no soy una experta.

–A veces, lo evidente no es la verdad.

–¿Insinúas que me equivoco?

–No, no insinúo que te equivoques –dijo él, mientras preparaba y le ofrecía la siguiente copa.

–Ya. La tengo. Puedes soltarla –dijo ella, asegurándose de no rozar sus dedos.

–Siempre tan independiente –dijo él.

–Sí. Al menos puedo cuidar de mí misma –repuso ella, mientras bebía un sorbo–. Es delicioso. Deberías tomar un poco.

–Lo probaré ahora.

Alyssa sintió que le daba un vuelco el corazón al notar que él la besaba en los labios.

Joshua introdujo la lengua en su boca, buscando el sabor del vino que ella había tomado. Al instante, el deseo se apoderó de ella.

–Suave como el terciopelo y oscuro como la noche.

Ella tardó un instante en percatarse de que estaba hablando del sabor del vino.

–Abre la boca.

Alyssa pensó que iba a darle otra galleta y obedeció. Él aprovechó para besarla de nuevo, la levantó, se sentó en la silla y la colocó sobre su regazo.

–¿Y qué ha pasado con la cata? –murmuró ella, tratando de mantener la compostura.

Él levantó una copa y se la acercó a los labios a Alyssa.

–Bebe.

Ella dio un sorbo y, al instante, él le acarició los labios con la lengua.

–Creo que es el mismo vino que el primero. Has debido de mezclar las botellas.

–No, pero en realidad no me importa –dijo él, con voz ronca.

Esa vez la besó de manera apasionada. Le acarició el pecho y Alyssa arqueó la espalda para acercarse más a su cuerpo.

Él le desabrochó la blusa y metió la mano bajo la tela para acariciarle los senos otra vez. Ella gimió y él le retiró la tela de los ojos.

Alyssa pestañeó y vio que Joshua inclinaba la cabeza para cubrirle el pecho con la boca. Él la levantó y la sentó sobre la mesa.

–Todavía no me has dicho lo que piensas del vino.

–He olvidado el sabor. Tendré que refrescar mi memoria –inclinó la cabeza para besarla de nuevo.

–Ya no sabré a vino.

–No. Es cierto.

Joshua agarró la copa y derramó el vino que quedaba en el hueco que dejaba su blusa abierta. Después, agachó la cabeza y lamió el líquido que le escurría por el escote. Alyssa cerró los ojos y gimió al notar que los pezones se le ponían erectos.

Segundos más tarde, él cubrió uno de sus pezones con la boca y un intenso deseo la invadió por dentro. Abrió los ojos y contempló cómo él le daba placer con la boca. Ningún hombre le había provocado esa reacción tan primitiva.

Él terminó de desabrocharle la blusa y se quitó la camiseta y los pantalones. Se inclinó sobre ella y terminó de desnudarla.

Sus piernas se rozaron y Alyssa sintió el calor de su piel. Joshua la miró a los ojos, acercó las caderas y la penetró despacio. Comenzó a moverse cada vez más rápido, y ella cerró los ojos y se mordió el labio para contener la tensión que crecía en su interior. El orgasmo la pilló por sorpresa y se estremeció con fuerza mientras Joshua gemía de forma salvaje. Abrió los ojos y supo que él había alcanzado el éxtasis también.

Un poco después, todavía aturdida, Alyssa se sentó en el borde de la mesa y se vistió.

–Espera –Joshua tenía un trapo en la mano–.

Puede que todavía tengas restos de vino –le secó el escote.

–Yo lo hago.

Él la miró y sonrió.

–Sé que puedes hacerlo, pero quiero hacerlo por ti.

Alyssa tragó saliva y permitió que él le abrochara el sujetador y la blusa. Se bajó de la mesa y pasó junto a él.

–Gracias –dijo él–. Has acabado conmigo.

Ella volvió la cabeza y vio que también estaba afectado por lo que había sucedido.

–¿No te importa que te haya hecho perder el tiempo?

–¿Perder el tiempo? Lo que ha pasado no ha sido una pérdida de tiempo.

Ella se detuvo al pie de la escalera.

–¿Lo tenías planeado? –preguntó sin pensar.

Durante un minuto, él pareció desconcertado. Después, sonrió y volvió a ser el mismo Joshua Saxon de siempre.

–¡Lo habías planeado! –exclamó ella–. Planeaste seducirme –lo acusó.

Joshua había aprovechado la atracción mutua que sentían para distraerla de su artículo, para evitar que llegara al fondo del escándalo.

–¿Y qué? Tú respondiste. Y te gustó.

–Arruinaste la cata a propósito.

Joshua se puso serio y se marchó sin decir palabra.

–Joshua, espera...

Él no se detuvo y ella se cubrió la boca con la mano. ¿Estaría él tan afectado y confundido como ella? ¿Era tan despiadado y calculador como ella pensaba?

¿O simplemente ella estaba equivocada y él era el hombre más sexy del mundo? El hombre que podía hacerla sentir la mujer más especial de la tierra. ¿Le había hecho el amor para forzarla a reconocer la intensa atracción que se había forjado entre ellos?

Se cubrió el rostro con las manos al averiguar la verdad: se había enamorado de Joshua Saxon.

Esa noche, durante la cena, había cierto ambiente de tensión. Heath y Phillip habían discutido y toda la familia parecía apesadumbrada.

Sin embargo, Alyssa solo podía pensar en una cosa: amaba a Joshua Saxon. Y posiblemente había estropeado la oportunidad de decírselo.

Alyssa lo miró de reojo y, entonces, sus miradas se encontraron. De pronto, una llama se encendió en los ojos de Joshua. Él tenía razón. Tenían asuntos pendientes de solucionar.

Durante la cena, Heath se ocupó de que tuviera la copa de vino siempre llena. Cuando sirvieron el plato principal, Alyssa se sentía más relajada.

Después de que Ivy recogiera los platos, Kay se puso en pie.

—Phillip y yo tenemos algo que deciros —dijo con voz temblorosa.

Phillip se puso en pie y rodeó a su esposa por los hombros.

–Las últimas semanas han sido muy duras para todos. Kay y yo hemos tenido la dura experiencia de enterrar a un hijo… Y Megan, Heath y Joshua han perdido a un hermano. La muerte de Roland también ha significado un momento muy duro para nosotros, puesto que Kay y yo…

Kay le puso una mano en el brazo.

–Lo que Phillip intenta decir es que tuvimos que tomar ciertas decisiones. Y me temo que nos equivocamos. Hace muchos años, yo intenté quedarme embarazada varias veces… Fue una época muy dolorosa. Y estuve muy deprimida.

–Después de darle muchas vueltas, decidimos adoptar un niño –dijo Phillip.

–Roland –continuó Kay.

Alyssa no podía creer lo que estaba oyendo. Miró a su alrededor y vio que Heath estaba boquiabierto, ni siquiera Megan tenía nada que decir. Y Joshua miraba a sus padres completamente tenso.

–Yo no soy adoptado, ¿verdad? –dijo Heath–. Soy igual que papá, igual que Joshua… Megan.

–Yo soy más guapa –dijo Megan.

–No, vosotros no soy adoptados. Fue un milagro. Después de adoptar a Roland me quedé embarazada. Fueron los años más duros de mi vida.

–¿Y por qué nunca nos lo contasteis? –preguntó Joshua.

–Lo intentamos –dijo Phillip–, pero fueron pasando los años y cada vez nos resultaba más difícil. Al final, nunca le dijimos a Roland que era adoptado.

–Nos preocupaba que pudiera sentirse como un extraño –Kay apretó el brazo de Phillip con fuerza.

–¿Y por qué nos lo contáis ahora? –preguntó Heath.

–Porque tu madre y yo no hemos hecho las cosas como debíamos.

Kay miró a Alyssa. Joshua también. Su mirada era como una caricia.

–Durante algunos meses una mujer intentó contactar con Roland. Era su hermana pequeña.

De pronto, todo el mundo comenzó a hablar a la vez, pero Alyssa solo tenía ojos para Joshua. Él estaba mirando a su madre, muy serio. ¿Les habría pedido a sus padres que contaran la verdad?

Entonces, él volvió la cabeza y le preguntó articulando los labios en silencio.

–¿Estás bien?

Ella asintió.

Kay suspiró.

–El único chantaje que ha hecho ha sido pedirme que, si no le contaba cosas sobre su hermano, os diría que Roland era adoptado.

–Así que aceptaste su chantaje –dijo Heath.

–Pobre chica. Queremos conocerla –intervino Megan.

–Ya lo habéis hecho –dijo Joshua.

–¿Qué? –lo miró Megan.

139

–Está sentada con nosotros.

Todos miraron a Alyssa en silencio.

Megan se levantó y se acercó para abrazarla.

–Lo que no puedo entender es por qué Roland nunca nos contó que era adoptado– dijo Joshua.

–Él tampoco lo sabía –dijo Phillip.

–¿Y qué hay de los correos y las cartas que le envió Alyssa? ¿No os lo contó? –preguntó Joshua.

–Sí, y le dijimos que Alice McKay debía de estar loca. Que, por supuesto, era nuestro hijo. Lo convencimos para que no respondiera.

Alyssa se quedó horrorizada. ¿Roland había pensado que estaba loca? Al menos, eso significaba que no la había rechazado...

–Pero me dijisteis que no quería saber nada de mí. Que eligió quedarse con vosotros y no aprovechar la oportunidad para reunirse conmigo.

Kay miró a Alyssa.

–Estoy muy avergonzada de lo que he hecho. Alyssa, me encantaría poder hacer retroceder el tiempo.

–¡Madre! ¿Cómo pudisteis hacer tal cosa?

–Pensé que si descubría que era adoptado, nos rechazaría. Si hubiera sabido que iba a morir, y que Alyssa nunca tendría la oportunidad de conocer a su hermano... Por eso la llamé cuando Roland se estaba muriendo... Para darle la oportunidad de despedirse de él.

Phillip abrazó a su esposa.

–Kay ha llegado a conocer a Alyssa muy bien. Ya no podía continuar con el engaño.

Así que, Joshua no había hablado con sus padres…

Kay se separó de Phillip y se acercó a abrazar a cada uno de sus hijos. Alyssa aprovechó para salir del comedor y buscar consuelo en su dormitorio para asimilar todo lo que había descubierto.

Joshua entró sin llamar en la habitación de Alyssa. Se había cambiado de ropa y estaba tratando de reunir la energía suficiente para terminar de hacer la maleta.

–¿Por qué te vas?

Ella se volvió al oír su voz.

–Creo que todos necesitamos tiempo. Me marcharé por la mañana.

En cierto modo, ella quería que la convenciera para quedarse. Lo miró a los ojos y vio preocupación y rabia, sin embargo, no pudo encontrar la emoción que estaba buscando.

–Quizá tengas razón. Ven tomarte un té conmigo.

Él la guio hasta sus aposentos y la acomodó en el sofá del salón que había compartido con Roland. Al cabo de unos momentos, regresó con una taza de café para él y una de té para ella.

–Mis padres no debían haber mentido a Roland. Fue un error por su parte.

–Lo sé. A veces deseaba no haberle prometido a tu madre que guardaría el secreto.

–No podías romper tu promesa. Tu integridad

es lo que te hace especial. Siento que te hayan robado el tiempo que podías haber compartido con Roland. Le habrían encantado tu coraje y tu lealtad.

–Gracias –contestó ella, con lágrimas en los ojos–. Eres muy amable.

–No tengo nada de amable –la tomó entre sus brazos para consolarla.

Alyssa se terminó el té y dejó la taza. Permanecieron abrazados en silencio y ella se quedó medio dormida. De pronto, notó que la tomaban en brazos.

–Duerme –murmuró él.

Segundos más tarde, notó que la tumbaba en la cama y que Joshua la abrazaba de nuevo. Enseguida, Alyssa se quedó profundamente dormida.

Por la mañana, Joshua miró a la mujer que tenía entre sus brazos y experimentó un fuerte sentimiento de ternura. Ella pestañeó y se acurrucó contra su pecho.

Él apenas había dormido. Alyssa había estado toda la noche con el trasero apoyado en su vientre y, al amanecer, él había estado a punto de volverse loco.

Todo había cambiado. Todo el mundo sabía que era hermana de Roland.

Él no podía tener una aventura con ella. Debía protegerla, incluso de sí mismo.

–¿Adónde vas? –preguntó ella, al ver que él se levantaba.

–¿Quieres que me quede? –preguntó.

–Por favor –dijo desperezándose.

A Joshua se le aceleró el corazón.

La atrajo hacia sí y ella no se resistió. Al notar su miembro erecto, ella lo miró asombrada. Alyssa se desnudó y él contempló sus senos desnudos. Joshua le acarició el vientre y deslizó la mano hasta su entrepierna. Estaba húmeda.

–Ábrete para mí, cariño.

Alyssa obedeció y él introdujo un dedo en su cuerpo. Después, otro.

–Joshua, en cuanto me tocas me excito muchísimo.

Sus palabras bastaron para que él empezara a perder el control. La abrazó contra su pecho y la besó en el cuello. Después, como por arte de magia, estaba penetrándola.

Se movieron despacio y al unísono, hasta que el placer se apoderó de Joshua y él empezó a empujar con más fuerza. Al cabo de un instante, alcanzaron el clímax, y sus corazones latían como si fueran uno.

Cuando se recuperaron, Joshua se sentía invencible.

–Guau.

Ella frunció la nariz.

–¿Guau? ¿Eso es todo?

–Cualquier otra cosa podría matarme.

Entonces, ella se puso seria y él sospechó que lo que iba a suceder no iba a gustarle. Creía que iba a decirle que iba a marcharse para no regresar nunca más, y no podía dejarla marchar, aunque fuera la hermana de Roland.

–¿Qué hay de nosotros, de lo que nos está pasando?

–Alyssa, abandona el artículo

Ella se incorporó.

–¿Qué?

–Abandónalo. Habrá más artículos.

–No puedes pedirme eso. Y menos cuando has dicho que me admiras por perseguir la verdad –lo miró a los ojos–. ¿O ya sabes quién modificó las muestras?

Él negó con la cabeza.

–¿A quién estás protegiendo esta vez? ¿A Phillip? ¿A tu madre? Anoche demostraron que hacen lo que consideran necesario.

–Creían que estaban protegiendo a Roland.

–Se equivocaron. Deberían haberle permitido que decidiera él. Era un adulto, no un niño.

–Estoy de acuerdo contigo, pero ese artículo les hará daño a ellos también. ¿No te das cuenta?

–¿A quién quieres proteger? ¿A Megan? ¿O es que fuiste tú?

Su desconfianza lo destrozó.

–No voy a contestarte, escribir ese artículo te hará daño.

–¿Me estás pidiendo que lo deje por ti?

–Sí, déjalo por mí.

–Me temo que no puedo hacer eso. Ni siquiera por ti. Es mi profesión. Y la hago bien. Además, me estás pidiendo que pase por alto todas mis creencias, todas los valores por los que he luchado toda mi vida. La verdad, la justicia. Lo que había tiene que ver con hacer lo correcto.

Una hora más tarde, Alyssa se dirigió a la bodega para despedirse de los Saxon y la primera persona a la que vio fue a Barry Johnson. Forzó una sonrisa y lo saludó.

–Bueno, puede que te dé la oportunidad de tomarte un descanso –dijo él–, porque no vas a enviar el artículo en las próximas veinticuatro horas. Al menos, hasta que yo informe a los organizadores del concurso.

–¿Has llegado a una conclusión? –preguntó ella.

–He comprobado que no ha habido ninguna irregularidad.

Alyssa lo miró asombrada. Si Saxon's Folly no había cometido ninguna irregularidad, ¿por qué Joshua no se lo había negado cuando ella le exigió que le dijera a quién trataba de proteger?

Roland…

Joshua debía odiarla. Lo había acusado de ser el culpable. Se despidió de Barry y continuó.

Se volvió al oír que Caitlyn la llamaba.

–He oído la noticia –la abrazó–. Con razón me resultabas familiar. Tu cabello pelirrojo y algunos rasgos…

–Me he enterado del resultado de la investigación. Debes de estar encantada.

–Te diré que yo también me preocupé cuando Barry me dijo que no era la primera vez que se sospechaba que Saxon's Folly había presentado muestras mejores. He tenido que revisar los datos registrados para comprobar qué botellas han salido de cada cuba. También he revisado los papeles de Roland para asegurarme de que él no había enviado ninguno de los vinos que teníamos catalogados como reserva. Por suerte, está todo claro.

–¿Roland se encargaba de eso?

–Sí, él decidía a qué concursos nos presentábamos y con qué vino. ¿No lo sabías?

Alyssa negó con la cabeza.

–¿Y Joshua sabe todo esto?

–Por supuesto. La otra noche le dije que tenía miedo de lo que Roland podía haber hecho. A Roland le gustaba ganar. Y podía ser muy inconsciente –se cubrió la boca con la mano–. No debería haber dicho eso

–Debes contar las cosas como son.

–¿No escribirás sobre ello?

–No, no lo utilizaré para mi artículo.

En ese momento, alguien llamó a Caitlyn desde el otro lado de la bodega y, después de darle un abrazo de despedida, se marchó.

Alyssa se quedó mirando el suelo. Sabía que Joshua había intentado proteger a Roland.

¿Y era posible que también hubiera intentado protegerla a ella? «Escribir ese artículo te hará daño». Lo había dicho porque estaba preocupado por ella.

Entonces, recordó una cosa. Caitlyn le había contado que Joshua había sacado botellas de las mismas cubas que ella había contrastado para probarlas. Comenzó a correr.

En la sala donde había hecho la cata con Joshua todavía estaban las botellas sobre la mesa, junto a las copas vacías y la tela con la que le había tapado los ojos.

Alyssa trató de hacer memoria. «Concéntrate. Dos vinos te parecieron idénticos...». Sirvió un poco de vino de cada botella en copas diferentes. Los cató y después miró las etiquetas de las botellas. Comprobó que Joshua le había dado a probar una muestra de la botella que estaba a la venta en las tiendas y otra de la botella que provenía de la misma cuba del vino que habían enviado al concurso.

Joshua no había intentado engañarla. Ni tampoco se había jactado cuando ella le anunció que era el mismo vino, en defensa de Saxon's Folly. Él había estado concentrado en ella durante la cata, dándole prioridad sobre Saxon's Folly.

Alyssa sentía que le debía una disculpa y decidió que se la pediría por escrito. De manera pública. Se lo debía.

Treinta minutos más tarde, Alyssa encontró a Joshua en los viñedos que había detrás de la casa.

–He venido a decirte adiós –se detuvo frente a él.

–Has decidido marcharte –dijo él.

–Sí. Tengo que escribir mi artículo. Y necesito tiempo para digerir lo que ha sucedido.

Él asintió.

–Te acompañaré al coche.

–Joshua, debía haber confiado en ti…

–Sí, debías haberlo hecho –se volvió.

Ya estaba. Había terminado. Alyssa sintió que se le encogía el corazón. Entonces, lo siguió. Su equipaje ya estaba metido en el maletero. Alyssa se inclinó hacia delante y lo besó en la mejilla.

–Adiós, Joshua.

Él no la detuvo. Alyssa arrancó el coche y abrió la ventana. Mientras avanzaba, asomó la cabeza.

–Te enviaré el artículo en cuanto lo termine.

–No es necesario. Estoy seguro de que me enteraré de que lo has escrito en cuanto la revista llegue a los quioscos.

–Tú también has de confiar en mí. La confianza funciona en ambos sentidos. Y también has de saber que te quiero.

Miro por el retrovisor y vio que Joshua se había quedado perplejo.

Epílogo

El artículo estaba terminado.

Alyssa se lo había enviado a David dos días antes. Y también le había enviado una copia a Joshua, diciéndole que nunca le había mostrado su artículo a nadie antes de que lo publicaran, pero que quería compartirlo con él y confiaba en que quedara satisfecho.

Él no había dado señales de vida, pero ella tampoco esperaba que lo hiciera.

Lo que habían compartido había terminado antes de que comenzara. Alyssa sabía que tardaría mucho en olvidarse de él. Había ido a Saxon's Folly a buscar a su hermano y había encontrado mucho más, toda una familia encantadora y el amor que sentía por Joshua.

El artículo había sido lo más difícil que había escrito en su vida. Hablaba de la vida de Roland, del éxito de Saxon's Folly… Todo ello, apoyándose en el dolor que sentía por no poder mantener una relación con Joshua.

Defendía Saxon's Folly públicamente, citando las palabras de Barry. Un par de semanas después, la revista estaría en el mercado. Y su disculpa a Joshua.

Sonó el timbre. Alyssa frunció el ceño y se dirigió a la puerta.

¿Quién podía ser un viernes por la mañana?

–¿Puedo pasar? –preguntó Joshua.

–Por supuesto –dijo ella, fijándose en que seguía igual de atractivo que siempre.

Seguramente ya había recibido el artículo.

¿Y por qué no la había llamado? Ella se echó a un lado para dejarlo pasar.

Él entró en la casa y dijo:

–Es bonita.

–Sí, y muy luminosa.

Él respiró hondo.

–He venido para darte esto –le tendió un sobre.

Alyssa lo aceptó y se fijó en que tenía el escudo de Saxon's Folly.

–¿Qué es?

–Una invitación. No es de color azul oscuro, así que no es la del baile.

Joshua se rio.

–No, no es la invitación al baile. Me temo que seguirás colándote, pero serás bienvenida si quieres ir el año que viene.

Alyssa sintió que se le encogía el corazón. Al verlo en la puerta se había hecho la ilusión de que había venido a decirle que le había encantado el artículo, que había reconocido la disculpa y que la aceptaba… Que quería que volviera.

Era ridículo.

No lo merecía.

Abrió el sobre y sacó la invitación. En la parte

de fuera había una foto de la casa rodeada de los viñedos. Dentro, la familia Saxon la invitaba a que asistiera a la siembra de una parcela nueva en honor de Roland Saxon.

Se celebraría el lunes siguiente.

—Sé que te aviso con muy poco tiempo —dijo Joshua—. Queríamos hacerlo cuatro semanas después de su muerte. Hemos estado muy ocupados organizándolo estos días.

—Lo comprendo —dijo ella, y tragó saliva—. Allí estaré.

Resultaría doloroso regresar a Saxon's Folly. Y mucho más, marcharse de nuevo. Separarse de Joshua otra vez le partiría el corazón, pero al no haber confiado en él había arruinado cualquier oportunidad de estar juntos. No había sabido manejar los sentimientos que él le había provocado. Había dudado de él. A pesar de que Joshua había demostrado ser la persona más responsable y cariñosa que había conocido nunca. Ella le había fallado.

Metió la invitación en el sobre y señaló hacia la ventana:

—¿Quieres sentarte?

—Puedo quedarme un rato —se acercó al sofá, se quitó la chaqueta y la dejó sobre la butaca.

—¿Te apetece algo de beber?

—No, ven a sentarte —dio una palmadita sobre el sofá.

Alyssa obedeció y se sentó a su lado.

—Alyssa… Sé cuánto deseabas conocer a Roland. Siento que nunca lo consiguieras –negó con la cabeza–. Y siento haber pensado que eras su amante.

–No podía contártelo. Se lo prometí a tu madre, y no podía romper mi promesa.

–Lo sé. Ha debido ser muy difícil para ti.

–Sí, lo fue.

–Espero que perdones a mis padres. Cuando vengas la semana que viene verás que están arrepentidos.

–Por supuesto. Siempre le agradeceré a tu madre que me haya dado la oportunidad de despedirme de él.

–No podré devolverte a tu hermano, pero puedo compartir a mi familia contigo. Mi familia estará encantada de recibirte en Saxon's Folly siempre que quieras ir.

–Gracias –dijo ella–. Me encanta tu familia.

–Eso sí, te advierto que si quieres un hermano tendrás que aguantar a Heath.

Alyssa lo miró.

–Porque yo quiero una esposa. Un amor.

–¿Qué dices? –preguntó ella con el corazón acelerado.

–Que te quiero. Te estoy pidiendo que seas mi esposa –la miró fijamente–. Podemos formar nuestra propia familia. ¿Formarás parte de mi sueño?

Las lágrimas le inundaron la mirada.

–Oh, Joshua. Me encantaría.

Él la tomó entre sus brazos.

–Confiaba en que esa fuera tu respuesta.

–No puedo creer que me desees a pesar de que no haya confiado en ti.

Joshua inclinó la cabeza.

–No solo te deseo, te quiero. Más de lo que te imaginas.

La besó en los labios y ella lo rodeó por el cuello, abrazándolo como si no fuera a soltarlo jamás. Joshua le contaba sin palabras todo lo que sentía por ella y lo mucho que se alegraba de que hubiera aceptado su propuesta.

Cuando él se separó de ella, comentó:

–Para ser justos hay que decir que no fuiste la única que desconfió. Yo tampoco confié en ti. Me equivoqué respecto a tu relación con Roland. Lo siento. Cuando me di cuenta de lo que estaba pasando entre nosotros, me percaté de mi error.

Ella le acarició el labio inferior.

–Gracias. Yo nunca podría haberte contado la verdad.

–Era difícil –admitió él–, sobre todo porque no podía dejar de relacionarte con Alyssa Blake, la periodista.

–Ojalá nunca hubiese escrito ese artículo –dijo ella–. Pensaba que estaba haciendo lo correcto.

–Lo sé. Y mi actitud no te ayudó, pero no podía contarte lo que Tommy había hecho en realidad. No era yo quien debía contártelo.

–Fuiste muy arrogante, pero tenías la voz más sexy que había oído nunca.

–Fue una tontería por mi parte. Eras periodista, pero yo estaba...

–Ocupado con la cosecha.

Él asintió.

–Y eso es prioritario a todo lo demás.

Puesto que estaban hablando del artículo del pasado, Alyssa no pudo evitar preguntar por el que le había enviado:

–¿Qué te ha parecido mi artículo?

–¿Qué artículo? –preguntó asombrado.

–¿No lo has recibido?

–Todavía no.

–Creía que habías venido por eso.

–No, he venido porque me dijiste que me querías. Habría venido antes, pero querías tiempo.

–Necesitaba terminar el artículo. Te envié una copia. ¿Sabes que eso es una gran concesión? –sonrió–. Nunca he permitido que nadie lea un artículo antes de que se publique. Esta vez era diferente. Te debía una explicación.

Sin embargo, él no había esperado a leer el artículo, no necesitaba una disculpa, había ido a verla de todas maneras. Había confiado en que ella no difamaría a Saxon's Folly.

–Te quiero, ¿lo sabes? –preguntó ella.

Entonces, sin darle tiempo a contestar, se separó de su lado y regresó con unos papeles.

–Esto es para ti.

Joshua la sentó de nuevo sobre su regazo y leyó las hojas.

Después, la besó en la mejilla.

–Disculpa aceptada. Gracias, Alyssa. Plasma la esencia de Saxon's Folly. Nuestro sentido de familia y cómo tratamos de impregnar de felicidad cada botella de vino que producimos.

–Me alegro de que te haya gustado. Significa mucho para mí. Solo he escrito acerca de lo que he encontrado en Saxon's Folly.

–¿Serás feliz viviendo allí? Eres una chica de ciudad.

–Joshua, seré feliz viviendo en cualquier lugar. Siempre que esté contigo. Te quiero.

Él suspiró.

–Eres todo para mí.

–¿De veras te preocupaba que no quisiera vivir en Saxon's Folly?

–Mucho. Reformaremos las habitaciones de abajo. O, si quieres, construiremos una casa nueva en la finca.

Alyssa se acurrucó contra él.

–Tu familia me encanta, pero cuando formemos nuestra familia necesitaremos una casa nueva.

Lo besó y comenzó a desabrocharle la camisa.

–¿Tienes algo pensado para el resto del día? –dijo besándole en el torso.

–Ahora mismo no se me ocurre nada más importante que quedarme aquí –dijo él.

–Bien.

–¿Alyssa?

Ella levantó la vista del botón que estaba desabrochando y lo miró.

–¿Sí?

–No has dicho que vayas a casarte conmigo –Joshua la miró con una sonrisa de amor–. Prométeme que te casarás conmigo. Que harás de mí un hombre honrado.

–Lo prometo –dijo ella, consciente de que era una promesa que no rompería jamás: que los votos de matrimonio serían una promesa eterna.

Deseo

DESEO INADECUADO

RACHEL BAILEY

Aunque era la hijastra de un magnate de los medios de comunicación de Washington, Lucy Royall no era ninguna princesa mimada y se estaba labrando sola su futuro como periodista. No obstante, cuando el detective contratado por el Congreso, Hayden Black, acusó a su padrastro de haber realizado actividades ilícitas, Lucy decidió defender a su familia. Pero las cosas entre Lucy y Hayden se calentaron... ¡y terminaron en la cama! Menudo conflicto de intereses. ¿Podría aquella pasión convertirse en algo más duradero a pesar de la enorme controversia que iba a causar?

El decoro frente al destino

¡YA EN TU PUNTO DE VENTA!

NOVIA A LA FUGA

HEIDI BETTS

Juliet Zaccaro debería estar caminando hacia el altar, así que ¿por qué estaba saliendo de la iglesia a todo correr? Porque acababa de descubrir que estaba embarazada, y no de su prometido.

La misión del investigador privado Reid McCormack era llevarla de vuelta a casa. Pero cuando la encontrara iba a asegurarse de que no regresara con su novio; sobre todo porque el bebé que llevaba dentro podría ser suyo. Aunque Juliet negaba la química que había entre ellos, ¿conseguiría Reid convencerla de que compartían algo más que un vientre abultado por un bebé?

¿Por el bien del bebé?

¡YA EN TU PUNTO DE VENTA!